예이츠작품선집 국역

『존 셔먼』·『도야』
『발라와 일린』·『고양이와 달』

예이츠작품선집 국역

『존 셔먼』·『도야』
『발라와 일린』·『고양이와 달』

W. B. 예이츠

조정명 옮김

도서출판 ▮동인

란정 이영석, 〈시를 낭송하는 1908년 1월의 젊은 예이츠〉, 2021. 53×41cm. 캔버스에 유화
(Ranjong, *Yeats reciting his poetry in January 1908*, 2021. Oil on canvas)

슬라이고의 예이츠 조각상

아버님(1997.9.8.), 어머님(2022.3.6.)에게

모음과 자음을 맨 처음 일러주신 어머님!
우보처럼 우직한 끈기를 강조하신 아버님!
삼가 부모님 영전(靈前)에 바칩니다.

예이츠작품선집을 번역하면서

　　윌리엄 버틀러 예이츠(William Butler Yeats, 1865~1939)는 아일랜드 태생이지만 영국계 아일랜드 조상을 둔 특이한 배경을 가진 작가이다. 그는 영문학사에서 20세기의 가장 위대한 시인들 중 한 사람으로 여겨지고 있으며, 평생 꿈과 비전을 추구하면서 자신을 '최후의 낭만주의자'로 자처한 시인이다. 그는 극작가, 정치가, 문화민족주의자, 신비주의자, 연인 등 다양한 면모를 지녔지만, 시인으로서 가장 잘 알려진 인물이다. 또한 그는 19세기 낭만주의 시와 현대 시의 가교역할을 한 시인이다. 그의 희곡, 특히 시극은 20세기 최고의 성과로 평가받고 있다. 그는 초기에 아일랜드의 문예부흥운동에 힘쓰면서 화려하고 몽환적인 복고풍의 시를 썼다면, 만년에는 현실적이면서 간결하고 힘찬 시를 썼다. 그리고 1923년에는 아일랜드 최초로 노벨 문학상을 수상했다.

　　예이츠는 평생 다양한 분야에 걸쳐 많은 글을 남겼다. 초창기에는 아버지로부터 경제적으로 독립하기 위해 신문에 짧은 평론을 쓰기도 하고, 산문·시·소설 등을 썼다. 하지만 첫 단편소설『존 셔먼』과『도야』를 발표했을 때, 아버지 존 버틀러 예이츠(John Butler Yeats)의 부정적인 반응으로 인해 소설 쓰는 일을 접게 되었다(Foster, *W. B. Yeats: A Life I: The Apprentice Mage 1865-1914*, 68). 하지만 두 소설을 읽다 보면 대가의 풍모와 편린, 즉 '수련기의 마법사'(The Apprentice Mage)를 접할 수 있을 것이다. "이미 예이츠의 모든 것이 그 안에 있다"(… the whole of Yeats is already in it …, 87)는 해롤드 블룸(Harold Bloom)의 주장이 이들 작품에도 적용될 것이다.

이번 기회에 이 두 편의 소설을 한국에서 최초로 번역하여 독자들에게 소개한다. 그리고 그의 신비주의 사상을 비롯하여 평생의 연인이자 뮤즈였던 모드 곤(Maud Gonne)과 이루지 못한 사랑의 희원을 그린『발라와 일린』, 그리고 굴지의 극작가로서의 면모를 유감없이 발휘한『고양이와 달』도 함께 번역하여 수록했으며, 이들 네 작품에 관한 해설도 덧붙였다. 그리고 이 작품들을 읽기 전에 필자와 예이츠 인생의 교차점을 독자 여러분과 함께 나누기 위해 그의 시를 통해서 회상한 졸고 한 편도 올린다.

2022년 4월

차례

1. 이 책은 『존 서먼』(*John Sherman*)과 『도야』(*Dhoya*)의 제2판(런던 T. 피셔 언윈 페이터노스터 스퀘어: 1891, Second Edition, London, T. Fisher Unwin Paternoster Square: 1891)을 번역 판본으로 삼았다.

2. 역자는 독자가 읽기 편하게 하려고 각주를 관련 내용이 있는 곳에 위치시켰으며, R. 피너란이 편집한 『W. B. 예이츠: 『존 서먼』과 『도야』』의 권말주석과 위키백과를 참조했다.

3. 『발라와 일린』과 『고양이와 달』은 한국예이츠학회에서 주관한 극작품 번역작업에 역자가 참여한 작품들을 동 학회의 게재 동의를 얻어 실었다. 또 관련 에세이도 동 학회의 게재 동의를 얻어서 함께 실었다.

4. 사진은 예이츠의 외가 '슬라이고'에 있는 '호수섬 이니스프리'를 연상시키는 역자의 고향이 있는 '송림못'이며, '예이츠 초상화'는 란정 이영석 교수님이 직접 그린 그림이며, '글렌카 폭포'는 안중은 교수님이, '호수섬 이니스피리'와 '불벤산'은 고준석 교수님이, '예이츠 조각상'은 신현호 교수님이 제공한 사진들이다.

프롤로그

—

나와 예이츠의 삶의 교차:
그의 시 읽기의 하나의 시도[1]

50여 년이 지난 1968년 3월 초등학교 5학년에 접어들자 나는 낯설고 물선 도회지로 유학을 오게 되었다. 열악한 환경에 학업과 자취로 지친 난, 마음속의 피난처인 내 고향 송림(Songrim)[2]으로 달려가곤 했다. 고향의 산과 들과 개울, 송림사와 송림못, 어린 동무들, 가족이 사무쳐서 밤낮으로 고향을 잊을 수가 없었다.

---

1) 본 글은 2022년에 한국예이츠학회 창립 30주년을 맞아 기념문집 『예이츠, 아일랜드, 그리고 문학: 이니스피리에서 델피까지』에서 필자의 「예이츠의 시로 엮어본 어느 방랑자의 회상」을 전제한 것이다.

2) 본 에세이는 예이츠의 시의 여정과 필자의 삶의 여정을 대비해본 글이다. 이를테면, 예이츠의 마음의 피난처가 외가인 슬라이고(Sligo)이면, 필자의 어린 시절 피난처는 고향인 송림(Songrim)이다. 두 장소가 우연히도 S자로 시작하면서 '두운'에 필자는 동질감을 부여한다.

송림못

그땐 몰랐지만 만약 다시 이런 상황에 처한다면, 나는 주저 없이 예이 츠의 「호수섬 이니스프리」("The Lake Isle of Innisfree")를 수없이 읊조리며, 고향과 옛 친구들, 그리고 다시 오지 못할 그 시절을 그리워할 것이다.

나 이제 일어나 가려네, 밤이나 낮이나 항상
호수물 기슭에 나지막이 철썩대는 소리 듣기에.
차도 위 혹은 회색 보도 위에 서 있을 때
나는 마음속 깊은 곳에 그 물소리 듣기에.

I will arise and go now, for always night and day
I hear lake water lapping with low sounds by the shore;
While I stand on the roadway or on the pavements gray,
I hear it in the deep heart's core.

호수섬 이니스프리　　　　　　[고준석 제공]

　　10개월 만에 두 번째로 옮긴 자췻집에는 인정 많은 주인집 아주머니와 내 또래의 같은 6학년 따님이 있었다. 4년간의 자취생활 동안 처음에는 부끄러웠지만 차츰 우린 자연스럽게 친구가 되어 서로에게 도움이 되었다. 난 산수에, 친구는 국어에 주로 도움을 주었다. 마치 예이츠의 「방랑하는 엥거스의 노래」("The Song of Wandering Aengus")에 나오는 "예쁜 은빛 송어"(a little silver trout)가 어느 날 "머리에 사과꽃을 꽂은 채/ 희미한 빛 발하는 소녀가 되어"(had become a glimmering girl/ With apple blossom in her hair) 나에게로 다가오는 상상에 젖었다.

　　예쁜 은빛 송어 바닥에 내려놓고
　　내 불을 지피러 간 사이에,

무언가 마루 위에서 바스락 소리
누군가가 내 이름 부르더이다.
송어는 머리에 사과꽃을 꽂은 채
희미한 빛 발하는 소녀가 되어,
내 이름 부르며 달아나
눈부신 허공으로 사라졌어라.

When I had laid it on the floor
I went to blow the fire a-flame,
But something rustled on the floor,
And some one called me by my name:
It had become a glimmering girl
With apple blossom in her hair
Who called me by my name and ran
And faded through the brightening air.

그 후 우린 상급학교로 가면서 자연스레 멀어졌다. 하지만 간혹 명절
때 주인집 내외분들에게 인사를 가면 반갑게 맞아주면서 안부를 나누곤
했다. 시간이 갈수록 만남은 뜸해지고, 어느 날 부모님에게 온 청첩장을
통해서 나보다 먼저 결혼한다는 사실도 알게 되었다.

에피소드를 하나 회상해보면, 내가 대학에 입학한 후에 처음 방문했
을 때 친구는 나에게 "미팅은 했는지, 애프터 신청은 어떻게 했는지 등"
자신이 경험하지 못한 일에 관심을 보이곤 했다. 친구는 가정 형편상 대
학진학을 그만두었다. 나는 친구가 미안하고 부끄러워 할까봐 그런 질문
엔 대충 얼버무렸다. 대신 나중에 고민이 생기면 쓸 요량으로 마치 「샐리

가든 옆을 지나」("Down by the Salley Gardens")에 나오는 연인처럼 여성의 남성관에 대한 조언을 구했다. 정확한 말은 생각나지 않지만, 아마도 세상을 순리대로 받아들일 것을 조언해주었던 듯하다. 예이츠의 「샐리 가든 옆을 지나」에서처럼 "하지만 나 어리고 멍청해서, 지금은 눈물 가득하네" (But I was young and foolish, and now am full of tears)라는 구절에 동의하지 않을 수 없는 심정이었다. 그 후론 친구를 다시 보지 못했다. 나중에 함께 자취했던 작은 외삼촌으로부터 서울에서 우연히 그 친구를 한 번 만났다는 얘기, 또 큰 외삼촌으로부터 위가 안 좋아 병원에 들렀고, 급기야 투병 끝에 하늘나라로 갔다는 소식까지 들었다.

> 강가 들판에 내 임과 나는 함께 마주 서 있었네.
> 그녀는 눈처럼 흰 손을 내 기울인 어깨 위에 얹으며
> 강둑에 풀이 자라듯 삶을 쉽게 여기라고 당부했네.
> 하지만 나 어리고 멍청해서, 지금은 눈물 가득하네.
>
> In a field by the river my love and I did stand,
> And on my leaning shoulder she laid her snow-white hand.
> She bid me take life easy, as the grass grows the weirs;
> But I was young and foolish, and now am full of tears.

사춘기를 거쳐 청년기에 이르면서 "성의 자각"(the awakening of sex, (*Autobiographies*) 62)이 일어났다. '성에 눈뜨면서' 성은 가끔은 거센 바람처럼 이리저리 휘몰면서 나를 괴롭혔다. 하지만 "도서관 한 구석 침침한 속에서/ 온종일 글을 읽다/ 돌아오는 황혼이면/ 무수한 피아노 소리/ 피아

노 소리 분수와 같이 눈부시더라. //그 무렵/ 나에겐 사랑하는 소녀 하나 없었건만/ 어딘가 내 아내 될 사람이 꼭 있을 것 같아/ 음악 소리에 젖은 가슴 위에/ 희망은 보름달처럼 둥긋이 떠올랐다." 장만영의 「정동골목」의 시구처럼 마음 한 자락에는 내 아내 될 사람을 기다리며 희망을 놓지 않았다. "나의 빛깔과 향기에 알맞은"(김춘수의 「꽃」) 내 임을 만나길 얼마나 기다렸던가. 예이츠의 「그는 하늘나라의 옷감을 원한다」("He wishes for the Cloths of Heaven")에서처럼 나도 임이 생기면 상상할 수 있는 최고의 선물을 비슷하게 생각해보았다. 마치 서정주가 「동천」에서 "내 마음속 우리 님의 고운 눈썹을/ 즈문 밤의 꿈으로 맑게 씻어서/ 하늘에다 옮기어 심어" 놓는 심정 이상이었다. 이런 심정을 예이츠는 천의무봉의 하늘나라의 옷감으로 임의 발아래에 펼쳐드리고 싶은 소망을 피력했다.

내 만일 금빛과 은빛으로 짠
밤과 낮과 어스름으로 빚은
푸르고 아련하고 깜깜한 옷감,
하늘나라의 수놓은 옷감이 있다면
그대 발아래 펼쳐드릴 것을.

Had I the heavens' embroidered cloths,
Enwrought with golden and silver light,
The blue and the dim and the dark cloths
Of night and light and the half-light,
I would spread the cloths under your feet.

그 당시 난 학생이고 아내 될 사람이 없는 처지에 비록 가난했지만, 꿈과 정성과 애송시로 된 옷감을 하늘나라의 옷감 대신에 임의 발아래에 기꺼이 깔아드리고 싶었다. 심지어 어른이 된 지금도 그 마음은 변함이 없으며, 진정으로 그런 옷감을 펼쳐드리고 싶은 심정이다.

예순을 넘은 입장에서 「지혜는 세월과 더불어 오기에」("The Coming of Wisdom with Time")라는 예이츠의 이 시야말로 꽃과 잎으로 치장한 젊은 시절의 허장성세를 뒤로 하고, 이제는 참된 것을 깨달으려고 더욱 애쓰면서 세월에 순응하다가 조용히 이울 것이라는 예이츠의 예언에 귀 기울인다.

> 나뭇잎은 많고 많지만, 뿌리는 하나.
> 허장성세 많았던 내 젊은 나날 동안
> 난 햇빛 속에 잎과 꽃을 흔들어댔지.
> 이제 난 진실 속으로 이울어지리라.

> Though leaves are many, the root is one;
> Through all the lying days of my youth
> I swayed my leaves and flowers in the sun;
> Now I may wither into the truth.

예이츠의 「오랜 침묵 끝에」("After Long Silence")를 접하면서 60여 년을 방랑한 나그네에게 이 시는 특별한 의미를 주는 것 같다. 지금까지 나와 인연을 맺은 다른 이들 죽었거나 소원했건만, "예술과 노래의 숭고한 주제"(the supreme theme of Art and Song)를 얘기할 사람을 만났다면 이 또한 복이 아니겠는가.

오랜 침묵 끝에 드리는 말씀입니다.
다른 연인들은 모두 소원해지거나 죽고,
무심한 등불은 갓 아래에 숨어 있고,
무심한 밤은 커튼 내려 가리었으니,
'예술'과 '노래'의 숭고한 주제를
얘기하고 또 얘기하는 것은 당연한 일이죠.
육신의 쇠퇴는 지혜로워지는 것을.
젊었을 땐 우린 서로 사랑하고 무지했지요.

Speech after long silence; it is right,
All other lovers being estranged or dead,
Unfriendly lamplight hid under its shade,
The curtains drawn upon unfriendly night,
That we descant and yet again descant
Upon the supreme theme of Art and Song:
Bodily decrepitude is wisdom; young
We loved each other and were ignorant.

정년이 다가오면서 난 그의 후기시 「탑」("The Tower")의 첫 구절에 매료되어 음미해본다. "개 꼬리에 매달린"(tied to a dog's tail) 나의 "이 황당한 생각"(this absurdity)과 "이 우스꽝스러운 모습"(this caricature)으로 점철된 지금의 나는 "무기력한 늙음"(Decrepit age)에 노출되어 있다. 그러면서도 상념의 검은 무리가 서로 연상되면서 잠을 설친다.

이 황당한 생각을 내 어찌할 것인가—

아 마음이여, 괴로운 마음이여─이 우스꽝스러운 모습,
개 꼬리에 매달린 듯이 나에게 매달린
무기력한 늙음을?
                              나는 이보다 더 흥분되고,
열정적이고 환상적인 상상력을,
불가능을 이보다 더 기대하는
눈과 귀를 가져 본 적이 없었네.

What shall I do with this absurdity─
O heart, O troubled heart─this caricature,
Decrepit age that has been tied to me
As to a dog's tail?
                              Never had I more
Excited, passionate, fantastical
Imagination, nor an ear and eye
That more expected the impossible.

　'무기력한 늙음'을 앞에 두고 있지만, 여기서 멈출 수는 없지 않은가?
"해 한번 떠본 일 없어도 내 가슴은 나의 하늘"(이호우의 「나의 가슴」)처럼
소중한 것이지. 생명이 다하는 날까지 넘어지고 깨어지더라도 나날이 새
로운 출발을 다짐한다. 마치 예이츠의 「서커스단 동물들의 탈주」("The
Circus Animals' Desertion")에서처럼 "이제 내 사다리는 사라졌으니,/ 나는
모든 사다리가 시작된 곳, 누추한 누더기와/ 마음의 넝마 가게 안에 누워
지낼 수밖에 없다"(Now that my ladder's gone,/ I must lie down where all the
ladders start,/ In the foul rag-and-bone shop of the heart). 더러는 내 마지막

사다리인 비빌 언덕마저 사라져가는 심정이 들 때도 있다. 예이츠의 심정처럼 누추한 누더기에 넝마 같은 마음이 나를 덮치더라도, 현실을 직시하고 인정하는 예이츠의 처절한 현실 인식에 힘입어 작은 몸짓이라도 시도해야지. 마치 "밤마다 고민하고 방황하는 열사의 끝// 그 열렬한 고독 가운데/ 옷자락을 나부끼고 호올로 서면/ 운명처럼 '나'와 대면하게 될지니 . . . . 그 원시의 본연한 자태를/ 다시 배우"는 결의에 찬 유치환의 「생명의 서」에서처럼.

언젠가는 닥쳐올 죽음을 상정하면서 나의 묘비명은 무엇으로 할 것인가 생각에 젖는다. 예이츠는 「불벤산 기슭에서」("Under Ben Bulben")에서 자신의 묘비명을 다음과 같이 설파했다. "삶에 죽음에/ 냉철한 시선을 던져라./ 말 탄 이여, 지나가시오!"(Cast a cold eye/ On life, on death./ Horseman, pass by!) 생을 마감하는 인생의 선배로서 후배들에게 진중하고 "냉철한 시선"을 당부한 예이츠. 나는 예이츠의 차분하고 '냉철한 시선'을 '삶과 죽음' 즉 모든 일에 꼭 요구되는 덕목으로 역설한 그의 혜안을 닮으려고 발돋움하면서 새삼 기린다.

2021년 8월 광복절 즈음에 예이츠 시의 힘을 빌려 한 방랑자의 삶의 편린을 회상해보았다.

간코나

『존 셔먼』
과
『도야』

제2판

런던

T. 피셔 언윈

페이터노스터 스퀘어

1891

GANCONAGH

JOHN SHERMAN
AND
DHOYA

SECOND EDITION

LONDON

T. FISHER UNWIN

PATERNOSTER SQUARE

M DCCC XCI

PSEUDONYM LIBRARY

간코나[3]의 사과 말씀

    이들 소설의 저자는 여러분에게 본인 스스로가 이 이야기들을 직접 말해서는 안 된다고 권고 받았다. 그는 나에게 작가인 척 해달라고 부탁했다. 나는 늙은 작은 아일랜드 요정이며, 울타리에 앉아 세상이 돌아가는 것을 관망한다. 나는 사내애들이 잔디 덩어리를 가지고 당나귀를 몰고 시장에 가거나, 계집애들이 사과바구니를 들고 시장에 가는 것을 지켜본다. 가끔 나는 예쁜 얼굴에게 소리쳐 환기시키고, 우리들 앞에 있는 사과바구니의 그림자 속에서 잠깐 이야기를 나눈다. 왜냐하면 내 충실한 기록자 오케니는 이것을 방금 노란 원고지에서 적었듯이, 나는 이 세상에서 사랑하는 일과 빈둥거리며 노는 일 이외에는 아무 것도 관심이 없기 때문이다. 내가 여러분에게 이야기를 읽어주는 동안에 여러분도 덤불 아래에 앉아 있지 않은가요? 첫 번째는 아둔한 사람과 세상의 일을 다루기 때문에 신경 쓰지 않고, 두 번째는 내 백성과 관련이 있기 때문에 신경 쓰지 않는

---

3) '간코나'는 아일랜드 요정으로 뜻은 '사랑 공론가'이다. 이 책에서는 저자는 필명으로 '간코나'를 사용하여 저자를 슬쩍 감추면서 독자들에게 궁금증을 불러일으킨다.

다. 내가 세상사에 대해 말할 때 때때로 내 목소리가 멀어지고 몽롱해진다면, 내가 울타리 안에 있는 내 구멍을 통해서 모든 것을 보았음을 기억해주세요. 나는 산비탈에서 춤추는 내 동포의 노래 소리를 계속 들으면서 흡족해한다. 내 스스로는 사과를 나르거나 잔디를 내친 적이 없으며, 내가 한 것이 있다면 그 일은 단지 꿈꾸는 일이다. 또한 농부들이 지금이나 나중에 쟁기로 잔디를 뒤집을 때 가끔 발견하는 작은 검은 파이프를 제외하고는 인간의 어떤 소지품도 가진 적이 없다.

간코나

존 셔먼

제1부

존 서먼이 발라[4]를 떠나다

제1장

12월 9일 아일랜드의 서부 발라 읍 임페리얼 호텔[5]에는 성직을 맡은 젊은 손님이 유일한 투숙객이었다. 하루 밤만 머물려고 불쑥 찾아온 상용 여행자를 제외하면, 한 달 내내 이 투숙객 이외에는 아무도 없었다. 지금 그는 어디로 멀리 떠날 생각이었다. 여름이면 송어와 연어 낚시꾼들로 붐비는 이 읍은 겨울잠에 든 곰처럼 겨우내 잠들었다.

12월 9일 저녁에는 임페리얼 호텔 커피숍엔 이 투숙객뿐이었다. 그는 짜증이 났다. 온종일 비가 내렸다. 말끔히 비가 걷힌 지금은 밤이 거의 되었다. 그는 여행용 가방에다 짐을 꾸렸다. 스타킹, 옷솔, 칫솔, 면도기, 예복용 구두가 각각 구석을 차지했다. 그는 당장 할 일이 없던 차에 테이블 위에 놓인 신문을 읽어 보려했다. 그는 이 신문사의 정치관이 마음에 들

---

4) '발라'는 '슬라이고'의 다른 이름이며, 예이츠가 어릴 때 보낸 외가가 있는 곳으로 그의 마음의 고향이자 안식처이다.
5) '임페리얼 호텔'은 영업은 안 했지만 슬라이고에 실재한 호텔이다(『W. B. 예이츠: 『존 서먼』과 『도야』』 리처드 피너란 편집 97).

지 않았다.

계단 위 자그마한 방에서는 웨이터가 아코디언을 연주 중이었다. 아코디언 연주를 들으면 들을수록 연주가 정말 형편없다고 생각한 투숙객은 짜증이 점점 더해갔다. 커피숍에는 피아노가 한 대 놓여있었다. 투숙객은 거기에 앉아서 가능한 크게 그 곡을 정확하게 연주했다. 웨이터는 그를 위한 연주임을 눈치 채지 못하고, 완전히 자신의 연주에 몰입했다. 게다가 그는 나이 들고 고집이 세고 귀까지 먹었다. 투숙객은 더 이상 견딜 수가 없었다. 웨이터를 부르려고 초인종을 울린 후에 아무것도 필요 없음을 알고는 그는 웨이터가 오기 전에 나가 버렸다.

마틴 거리와 피터의 골목길을 거쳐 어시장의 코너에 타버린 가옥 옆을 돌아서 다리 쪽으로 그는 곧장 나아갔다. 읍내에는 비가 조금씩 내렸지만 거의 그쳤다. 큰 빗방울이 좀처럼 내리지 않아서 웅덩이는 생기지 않았다. 웅덩이가 생기는 때는 오리들이 노니는 시간이었다. 서너 마리가 문 아래를 간신히 통과해서 큰 길 하수구에서 흙탕물을 튕겼다. 주위에는 인적이 드물었다. 한두 번은 진흙투성이의 노란 각반을 맨 시골사람들이 옆을 지나면서 투숙객을 쳐다봤다. 한번은 옷 바구니를 든 노파가 개신교 대리 목사를 알아보곤 정중하게 인사를 했다.

점차적으로 구름은 흩어지고, 황혼이 깊어지자 별이 나왔다. 시가를 구입한 투숙객은 다리 난간에서 방수복을 펼치면서 다리에 팔꿈치를 기댔다. 강을 바라보면서 마침내 평온함을 느꼈다. 그의 생각은 은빛 별빛으로 물들었다고 그는 되뇌었다. 강물은 소리 없이 미끄러지듯 흘렀으며, 더 큰 별에서 나온 불빛으로 작은 가로등 길은 오히려 어두웠다. 먼 창문에서 새어나온 불빛으로 길을 알아볼 수 있었다. 물고기는 강물에서 한두 번 뛰어올랐다. 강둑을 따라서 집 그림자가 희미하게 드리웠다. 마치 그 모습은 술 마시려고 모여드는 유령 같았다.

그렇지, 그는 지금 세상 돌아가는 일에 무척 흡족했다. 침묵이 가져다주는 진정한 기쁨인 집 그림자나 강물을 즐기던 차였다. 그는 다음과 같은 사실을 알고는 흐뭇했지만 착잡했다. 가까이 있는 가스버너의 불빛이 세련된 풍채와 긴장한 얼굴에 희미하게 껌뻑거리고, 회중시계의 끈에 매달려 있는 성공회 교단의 작은 메달에서 빛나는 것을 보면서 그는 흐뭇했다. 목격자가 있었다면 그는 절반 정도는 사람이 살지 않는 읍내의 거칠고도 인습적인 주민들과는 다른 유의 존재처럼 틀림없이 보였을 것이다. 뛰노는 파도처럼 완벽할 정도의 기쁨은 세속적이고 탈속적인 두 감정 사이에서 흔들렸다. 저절로 생겨난 것이 아닌 집 그림자나 강물의 아름다움에 빠졌던 그는 자신의 정체성을 얼마나 흐뭇하게 의식했던가? 많이 독서하고, 오페라와 연극을 많이 보고, 알려진 종교적인 체험도, 스위스에서 폭포에 관한 시도 쓴 그에게, 또한 평생 강가에 산적이 없는 이들에게도 이 강물은 얼마나 격정의 이미지와 경탄을 자아냈던가. 그런 것이 그들에게 어떤 의미를 지니는지 그는 감히 상상할 수 없었다. 그것은 정말로 대단한 의미임에 틀림없다.

자신에서 강으로, 강에서 자신으로 거미줄 같이 얽힌 여러 상념에 잠기면서 어둠을 응시할 때에 그는 곁눈질로 다리의 다른 끝에는 대기에 붉은 반점의 빛이 움직이는 걸 보았다. 그는 불빛 쪽으로 몸을 틀었다. 불빛은 점점 더 가까이 다가왔다. 잠시 뒤에 한 남자가 시가를 물고 나타났다. 그 남자는 한 손에는 낚시 바늘로 촘촘한 많은 낚싯줄을, 다른 손에는 미끼로 가득한 주석 사발을 쥐고 있었다.

"굿 이브닝, 하워드.6)"

"굿 이브닝"이라고 투숙객은 답하면서, 난간에 팔꿈치를 떼면서 낚시
바늘을 든 이를 넋이 빠진 듯이 바라보았다. 저 아래 물 위를 선회하는 간
밤의 날파리부터 오페라 『메피스토펠레』7)에서 '작은 유령들'에 대항하는
악마의 노래에 이르기까지 투숙객의 마음은 이런 저런 생각에 젖었다. 차
츰 시간이 흐르면서 그는 속물들이 들끓는 이곳 발라에 있음을 상기했다.
그는 돌난간을 굽어보고 이 순간에 주의를 기울이면서 다음과 같이 불쑥
말했다.

"셔만, 단순히 먹고 자는 일 이상을 생각하는 당신이, 밀 방앗간에서
방아 찧는 일만 하는 사람이 아닌 당신이 어떻게 이곳을 견뎌내지요? 이
곳의 모든 이들은 초라한 18세기 사고방식에 젖어서 살지요. 어쨌든 나는
내일 떠날 예정이요. 아쉬워 죽겠어요! 사람들이 즐겨 다니던 회색 거리
와 엄숙한 분들과 나는 이제 끝입니다. 몸이 성하던 성치 않던, 보좌 목사
는 고향으로 가야만 합니다. 내가 죽는 것은 기정사실로 말할 필요도 없
고, 나는 앞으로 써야 할 종교에 관한 논문도 있어요. 저 코너에 있는 저
늙은 분, 우리의 가장 소중한 교구민을 생각해보십시오. 그 분의 머리에
머리카락이 없는 것이 아니듯이, 그 분의 머리에 생각이 없는 것은 아니
지요. 노인의 외모만 보는 것은 생명의 존엄성을 도외시하는 일이지요.

---

6) '하워드'는 그 대리 목사의 임시 후임자이다(『W. B. 예이츠: 『존 셔먼』과 『도야』』 리처드
   피너란 편집 97).
7) '아리고 보이토'(1842~1918)는 이탈리아의 작곡가인 동시에 뛰어난 대본 작가이다. 베르
   디의 〈오텔로〉, 〈팔스타프〉, 폰키엘리의 〈조콘다〉 등의 명작 대본작가로서 이름을 남기
   고 있다. 작곡가로서는 바그너의 악극 영향을 받은 작품을 썼으나 괴테의 『파우스트』를
   바탕으로 한 오페라 〈메피스토펠레〉가 대표작이다.

주위 상점에는 주일 교재와 주일학교 상품만 취급합니다. 이런 일은 나처럼 독서를 많이 해서, 많은 책을 읽을 필요가 없는 이들에게는 분명 아주 잘 된 일이지요. 멋지게 울려 퍼지는 저 성가대소리! 멋진 저 빗소리!"

"당신은 이 지역에서 어떤 직업을 가질 필요가 있어요. 나는 뱀장어를 잡고, 당신은 밤 낚싯줄을 장만해야 해요. 이런 식으로 밤 낚싯줄에 지렁이 미끼를 매달아, 강 가장자리 풀 사이에 설치해야 해요. 운이 아주 좋으면 풀 사이를 빙빙 돌면서 이리저리 풀을 휘저으면, 다음 날 아침에 뱀장어 한두 마리는 거뜬히 걸려 있을 것에요. 비가 이렇게 내린 후에는 나는 아주 많은 고기를 잡을 것에요"라고 가져온 작은 접시에서 지렁이를 꺼내어 낚시 바늘에 미끼로 끼우면서 셔먼은 말했다.

"아주 멋진 생각이네요! 당신의 의도는 우리의 가장 소중한 교구민인 노인의 의도처럼 망령들 때까지 여기 머무는 것을 진정 의미하는 거죠?"라고 하워드는 말했다.

"아니오, 꼭 그런 건 아니오! 아주 솔직하게 말하면, 괜찮은 외모를 좀 이용해서, 재력이 있는 여성을 설득시켜서, 나와 사랑에 빠지도록 나는 도모하는 것이요. 아시다시피, 배우자를 만나 재력을 좀 가진 연후에, 삼촌이 돌아가시면 나는 훨씬 더 부자가 될 것이기 때문에, 나는 나쁜 배우자감은 아닐 거예요. 나는 항상 백수로 지낼 수 있길 원해요. 그래서 나는 돈과 결혼할 거예요. 모친은 돈을 욕심냈어요. 아시다시피, 현재로는 나는 불필요하게 사랑에 빠지는 그런 유의 사람은 아니에요"라고 셔먼이 말했다.

"당신은 하는 일이 없잖아요"라고 다른 이가 끼어들었다.

"아니오. 나는 세상을 관망하고 있어요. 당신이 사는 대 도시인들은 자신이 비주류인 점을 알고, 경계선 바깥에는 아무것도 모르잖아요. 그는 본인처럼 그런 유의 사람들만 알잖아요. 하지만 여기서 우리가 만나는 모든 이들은 같은 부류이기에, 이곳 사람은 하루 종일 걸어 다니면서 세상 모든 이들과 수다를 떨지요. 내가 대도시에 들어가 대 도시인들의 무지를 알게 되면, 내가 수집한 지식은 나에게 유용할지 모르지요. 하지만 나는 낚싯줄을 장만할거에요. 나와 함께 가십시다. 나는 당신을 집에 초대하고 싶지만, 아시다시피 당신과 나의 모친은 좋은 사이가 아니잖아요."

"하나님의 존재를 믿지 않는 이와 함께 나는 살 수는 없어요"라고 하워드 말했다. "당신은 나와 아주 다른 유의 사람이네요. 당신은 단순한 사실과 지낼 수 있지요. 이것이 당신의 모든 계획은 돈과 연관되어 있다고 믿는 이유라고 나는 생각해요. 아름다운 강, 별들, 멋진 자주 빛 그림자 앞에서, 당신은 한 송이 꽃 벌레처럼 실감하지 못하잖아요? 나로 말하면 장래를 계획하며 나는 지금까지 살아왔어요. 대도시로부터 너무 멀거나 너무 가까이도 아닌 다이아몬드형 창문이 있는 작은 집 난롯가에 앉아 있는 나를 상상해요. 곳곳에는 책들이, 벽에는 동판화가 여러 개 걸려있네요. 테이블 위에는 종교와 관련된 원고가 놓여있었다. 아마도 언젠간 나는 결혼을 할 거예요. 요구 조건이 너무 많아서 나는 아마 결혼을 못할 것 같아요. 우리가 천성인 솔직함과 성실함을 상실하면, 어떤 동정심도 얻지 못한다는 것이 나의 지론이기에, 나는 분명히 돈 때문에 결혼을 하지는 않을 것이요. 우리의 천성은 한번 파괴되면, 세상은 걷잡을 수 없이 사라질 거예요."

"잘 있어요,"라고 셔먼은 불쑥 말했다. "나는 낚싯바늘에 마지막 미끼를 매달았다. 당신의 계획은 댁에게는 안성맞춤이지만, 세상을 빈둥거리길 바라는 나같이 가련하고 게으른 자나 신의 저주를 받은 자는 계획을 세워 산다는 것은 엄청난 비용을 수반할 거예요."

그들은 헤어졌다. 셔먼은 낚싯줄을 장만할 작정이다. 하워드는 꺼림 없이 말했다는 생각에 호텔로 가는 길이 자못 흐뭇할 것이다. 도로에 접한 당구장은 불이 켜져 있었다. 몇몇 젊은이들이 가끔 당구를 치러 훌쩍 나타났다. 이 지방의 젊은이들 사이에서 당구 실력이 특출하다고 생각한 하워드는 당구장으로 들어갔다. 게다가 그는 정말로 당구 달인이었다. 그가 들어갔을 때 당구치는 사람들 중에서 한 사람이 실수로 욕했다. 하워드는 그에게 나무라는 표정을 지었다. 그는 한 동안 당구를 함께 치고는, 호텔 경영자의 부인이 벽난로 옆의 시렁위에 쇠 주전자를 놓는 것을 먼발치에 있는 문을 통해서 힐끗 보았다. 그는 서둘러 난롯가에 의자를 끌어당겨 모든 이의 관심사인 특히 옷에 얽힌 시시콜콜한 가십을 길게 늘어놓기 시작했다.

낚싯줄 정비를 마친 후 집으로 되돌아온 셔먼은 아직도 열려 있는 선술집을 제외하고는 읍내에서 유일한 과자점과 담배 가게가 붙어 있는 곳을 지나갔다. 담배 가게 주인은 문 입구에 서서, 읍내의 다른 끝에 위치한 라이벌 가게와 오래도록 거래한 사람임을 알아차리고는 불평을 늘어놓았다. "제기랄, 꿈에서도 낚시했을 형씨가 저기 분명히 지나가네!" 셔먼은 다리를 다시 지나다가 잠시 멈추어 강물을 바라봤다. 강물 위로 막 떠오른 초승달이 희미하게 빛났다. 달은 그에게 얼마나 많은 추억거리를 주었던가! 하지만 달은 그에게 어떤 소꿉친구들, 어린 시절의 모험담을 떠올려 주지는 않았다! 그에게 "내 가까이 머무세요"라고 말하는 것 같았다. 하워드에게는 다음과 같이 말하는 것 같았다. "저 쪽으로 가보세요, 내가 이전

에 당신에게 얘기했던 다른 기쁜 일과 다른 경치를 가까이하세요." 이런
생각은 사랑한 적이 있던 그를 여전히 머물고 꿈꾸게 했으며, 상상의 나
래를 펴는 그에게 날아다니는 발을 달아주었다.

제2장

서면과 그 모친이 살았던 집은 시골 읍내에서 가구가 없는 아주 흔한 집
들 중 하나였다. 텅 빈 도로 위에 덩그렇게 자리 잡은 내팽개쳐진 가옥의
정면들은 많은 이에게 이익을 준다는 공리주의 면에서 보면 작은 위엄을
풍긴다. "인습적인 풍습이 우리를 어떻게 변화시키지 못하듯이, 아무리 변
덕스러운 풍습이라도 우리가 현관에 쌓인 모래를 말끔히 치우는 풍습을
이기지 못한다"고 정면은 말하는 것 같다. 지하실 모든 창문에는 때 묻은
차양이 같은 모양으로, 모든 문에는 놋쇠 노커[8]가 같은 모양으로 걸려 있
다. 어디에나 풍속은 있는 법이지! "두 눈은 차양을 통해서 아주 많은 걸
더 오래 동안 훑어봤다"라고 차양이 말하듯이, "손가락들은 노커를 들어올
렸다"라고 노커는 속삭인 듯했다.

　15번지의 스테픈스 로우 거리는 스무 개의 거리 중에서 특이한 점은
없었다. 거리를 면하고 있는 의자들은 코너가 헤어진 말 털 쿠션과 짙은
마호가니 나무로 만들어졌다. 둥근 테이블 위에는 도장이 찍힌 일본인이
반쯤 헤진 채 미국산 기름종이 위에 바퀴살처럼 새겨져 있고, 누군가의

---

8) '노커'는 초인종 역할을 하는 문을 두드리는 고리쇠를 말한다.

주석이 곁들인 신약성서가 놓여있었다. 이 방은 좀처럼 사용되는 경우가 드물어서, 셔먼의 어머니는 말을 할 사람이 없어서 적적했다. 방은 재단사가 일 년에 두 번 앉으며, 이곳 교구 사제 사모가 차 마시려고 한 달쯤 이용한다. 방은 아주 청결했다. 거울에는 파리 자국 하나 없었다. 여름 내내 창문 쇠격자에 자리 잡은 고사리는 쉼 없이 자랐다. 방 뒤편에는 정원을 굽어보는 현관이 있었다. 현관에는 등나무 줄기로 만든 의자 대신에 마호가니 의자가 차지했다. 셔먼은 일생 동안 모친과 더불어 이곳에 살았다. 나이 든 하인은 다른 곳에 살았던 기억을 거의 하지 못했다. 여종은 매일매일 새로운 걸 잊어버리는 경향이 있어서, 이 집에 네 개의 벽이 있다는 사실을 알기 전에 보았던 모든 걸 확실히 기억하지 못할 것이다. 아들은 거의 서른 살, 모친은 쉰 살, 노파는 근 일흔 살이었다. 매년 그들은 200파운드를 벌었으며, 일 년에 한 번 씩 아들은 새 양복을 한 벌 구입했다. 그리고 거울에 비친 자신을 보려고 응접실로 들어갔다.

12월 10일 아침에 셔먼 여사는 아들을 생각하니 침울했다. 말 없는 이들처럼 다소 얇은 입술을 꾹 다물고, 부드럽지만 의심스러운 두 눈을 한 채, 마르고 섬세한 여사는 딱딱한 입술에 침을 바르고 있었다. 여사는 하녀가 테이블을 세팅하는 걸 도와주었다. 고루한 생각에 사로잡힌 여사는 휴식에도 제대로 쉬지 못하는 성격이라 뜨개질을 시작했다. 자주 부엌에 들어가거나 계단 아래의 발걸음 소리에 귀 기울이려고 뜨개질을 중단하기도 했다. 여사는 하인이 식탁 세팅하는 걸 도와주었다. 마침내 위층의 인기척에 부인은 삶으려는 계란을 아래에 내려놓고, 잠시 불평을 늘어놓다가 뜨개질을 다시 시작했다. 아들이 나타나자 부인은 미소로 그를 맞았다.

"어머니, 나중에 다시 뵙겠습니다"라고 그는 말했다.

"여사에게 아들은 여전히 어린 소년처럼 보이기에, 젊은이는 충분히 자야 한다"라고 여사는 말하셨다.

아들보다 조금 앞서 여사는 아침식사를 마쳤다. 식사를 끝내기 전에 식탁을 떠나는 것이 여사 생각에는 예의가 아니기에, 여사는 홍차 탕관 뒤에 앉아서 뜨개질을 계속했다. 여사가 친절히 대하던 거의 유일한 이웃들인 많은 가난한 아이들은 근면이 가져다주는 혜택을 실감했다.

"어머니, 당신의 친구인 대리 목사는 오늘 휴무입니다"라고 곧 바로 젊은 사람은 말했다.

"오늘 만나지 않아서 천만 다행이네."

"어머님은 친구에게 왜 그렇게 매몰차시지요? 여기 있을 때 그는 재치 있게 말했다고 저는 생각합니다"라고 아들은 응수했다.

"나는 그의 신학이론이 마음에 안 들고, 타인의 신체에 장난삼아 손을 대는 방식이 싫으며, 장갑을 끼고 벗으면서 잡담을 늘어놓는 방식이 아주 안 좋아"라고 여사는 말했다.

"그는 세상물정에 대단히 밝은 사람이며, 우리에게 낯설어 보이기 십상인 방식을 지닌 걸 너는 잊었구나."

"오 그리고, 그 친구는 사제관에 있는 카튼 집안의 딸들 중 한 명에게 아주 호의를 베풀지 모른다"고 어머니는 말했다.

"그 집안의 맏딸은 착한 딸입니다"라고 아들이 답했다.

"그 딸은 우리 모두를 깔보며 본인이 똑똑한 것으로 생각하지"라고 부인은 말을 이어갔다. "딸들은 성취감에 도취되어 교리문답과 성서와 피아노를 조금 더 연습하면서 흡족해 하던 때를 나는 기억하지. 어떤 이가 이보다 더 많은 걸 원하는가? 그 모든 것은 온통 자부심이지."

"어머닌 그녀를 아이 때는 좋아하곤 하셨지요"라고 젊은이는 말했다.

"나는 모든 아이들을 좋아하지."

아침 식사를 마친 셔먼은 한 손에는 여행 책을, 다른 한 손에는 모종삽을 들고 집을 나와 정원으로 나갔다. 현관 창문아래에 처음으로 나온 튤립 싹을 찾으면서 그는 더 먼 끝 쪽으로 가서 갯배추의 발육촉진을 도우려고 덮기 시작했다. 그가 일을 한지 얼마 안 되어 하인이 그에게 편지를 가져왔다. 작은 풀밭의 다른 편에는 돌을 굴리는 롤러가 하나 있었다. 그는 집게손가락과 엄지손가락 사이에 편지를 잡고서 롤러 위에 앉아서, "자, 나는 편지 내용이 무엇인지 안다"라고 말하는 태도로, 책을 롤러 위에 놓고는 편지를 개봉하지 않은 채, 지긋이 바라보았다.

정원 - 편지 - 책! 여러분은 이런 것들이 그의 삶을 나타내는 세 가지 상징임을 알게 될 것이다. 매일 아침 그는 자연풍경과 온갖 소리를 들으면서 정원에서 일했다. 다달이 그는 그곳에 심고 호미질하고 일구었다. 중간에 울타리를 치고, 정원을 둘로 나누었다. 울타리 위쪽은 화단을, 아래쪽은 채소를 심었다. 집 가장자리에 부서진 석조건축은 계란풀9)로 가득 둘러싸였다. 매달 강둑에 나온 모든 것들에게 강은 "쉿, 조용히 해"라고 말했다. 아주 규칙적으로 그는 2시에 식사하고, 오후에는 사냥하거나 산

---

9) '계란풀'은 크기는 약 90cm이다. 꽃은 향기가 있고 4장의 꽃잎으로 이루어져 있으며 색깔은 금색에서 갈색을 띠고, 길이 70cm 정도의 꽃자루에 무리 지어 피어 수상꽃차례처럼 보인다. 잎사귀는 어긋나게 나며 길이는 5~7cm 정도로 밑으로 갈수록 폭이 좁아져 끝이 뾰족한 형태를 띤다. 가장자리는 대부분 밋밋하지만 가끔 톱니모양으로 이루어진 잎을 발견할 수 있다. 열매는 익으면 벌어지는 장각과이며 길이는 3~6cm 정도이다.

책했다. 황혼 무렵에는 미끼를 달아 물속에 넣는 밤낚시 줄을 설치했다. 그 이후에는 계속 독서했다. 셰익스피어 책 한 권, 문고 이외의 여행에 관한 책 몇 권, 2-3실링 하는 소설책 한 권, 『퍼시의 유적과 유물』, 예의범절에 관한 책 한 권―그는 많지 않은 책을 소장했다. 그는 좀처럼 자신의 소일거리를 바꾸지 않았다. 그는 전문적인 직업은 없었다. 그 점이 읍내 사람들의 입에 오르내렸다. 그들에 의하면, "그는 어머니에게 얹혀서 살며, 화난 표정을 자주 지었다. 그는 화를 잘 내는 좀 위험한 인물이기에 사람들은 그가 이런 사실을 전혀 눈치 채지 못하게 해야 한다고 사람들은 일반적으로 이해했을 것이다. 하지만 서먼은 때로는 충고의 편지를 보낼 줄 삼촌이 계시며, 유산 상속의 가능성도 상존했다. 서먼의 어머니는 아들이―아마도 심지어 미국으로―삼촌의 재산을 찾으려고 갈지도 모른다는 두려움에, 이들 간의 편지왕래를 못마땅하게 여겼다. 지금 이 문제가 서먼을 조금 괴롭혔다. 3여 년 동안 결심을 하려고 애쓰다가 마침내 어떤 결심을 하게 되었다. 때론 독서하는 동안에 입술을 깨물고 잠시 동안 이맛살을 찌푸리곤 했다.

정원, 독서, 편지가 그의 삶을 나타내는 세 가지 상징이었던 이유를 사람들은 이제는 알게 될 것이다. 사람들은 그가 쏟은 바깥 일, 명상, 근심에 진정으로 애정을 쏟았다고 요약할 수 있다. 정원 일을 하면서 마음의 평정을 찾았으며, 몇 권의 책을 독서하면서 그의 두 눈은 공상으로 가득 찼다. 간혹 자신이 별로 원만치 못한 인물이라는 생각에 그의 입술은 살짝 떨렸다.

그는 편지를 개봉했다. 내용은 그가 오랫동안 기대했던 바였다. 삼촌은 그를 취직시켜주겠다고 제안했다. 좌우 양쪽으로 약 30cm 떨어지게 편지를 앞에 펼쳐놓고는, 삼촌의 의도를 곰곰이 생각했다. 그는 떠날 것인가? 여기에 머물 것인가? 그는 이런 생각을 별로 좋아하지 않았다. 자신에 내재된 백수기질 때문에 그는 런던 생각을 달가워하지 않았다. 점차적으로 그의 마음은 계획ー끝없는 계획ー이를 테면 간다면 무엇을 할 것이며, 죽치고 있다면 무엇을 할 것인가 등 마음이 갈피를 잡지 못하고 둥둥 떠다녔다.

희미한 햇살에 이끌린 딱정벌레가 구멍에서 기어 나왔다. 딱정벌레는 편지를 보고는 그 위로 살금살금 기어올랐다. 더 좋은 모습은 딱정벌레가 햇볕을 좇으려는 모습이었다. 서먼은 딱정벌레를 보았지만 그것에 전념할 수는 없었다.

"내가 메어리 카튼에게 이 사실을 말해야할까?"라고 그는 생각 중이었다. 정말이지 메어리는 동네방네 모든 이들의 조언자였다. 옳지, 그는 그녀에게 무엇을 할지 물어볼 것이다. 그런 후에 다시 아니, 그 스스로 결정할까하는 생각을 그는 했다. 딱정벌레는 다시 움직이기 시작했다. 딱정벌레가 편지의 상단에 떨어지면 메아리에게 물어볼 것이며, 맨 밑에 떨어지면 묻지 않을 것이다.

딱정벌레는 상단 옆으로 떨어졌다. 결심한 태세로 일어나서 공구실로 들어가서, 씨앗을 고르고 가벼운 것을 골라내고 때로는 거미를 보고는 그는 멈추곤 했다. 메어리 카튼을 만나려면 오후까지 기다려야 한다는 사실을 그는 알기 때문이었다. 공구실은 그가 아주 선호하는 장소였다. 가끔 거기서 책을 읽고 구석에 있는 거미들을 그는 지켜봤다.

식사 도중에도 그는 그 문제에 몰두했다.

"어머니, 우리가 이곳에서 멀리 가는 것을 아주 못마땅하게 생각하시는지요?"라고 그는 물었다.

"내가 가끔 말하지 않았느냐. 나는 다른 장소보다 어떤 한 장소를 더 좋아하지는 않는다. 나는 모든 장소를 거의 똑같이 좋아한다"라고 어머니는 말하셨다.

식사 후 다시 그는 공구실로 갔다. 이번에는 그는 씨앗을 고르지 않고―거미들만 유심히 바라보았다.

제3장

저녁 무렵에 그는 외출했다. 희미한 겨울 햇살이 그가 걸어가는 길에 깜박거렸다. 바람이 밀집 짚단을 밀어 올렸다. 그는 점점 더 의기소침했다. 지인의 개 한 마리가 들판에서 토끼를 쫓고 있었다. 젊어서부터 토끼를 본적이 없는 거의 눈이 먼 지인은 토끼를 잡는다는 개념은 아예 없었다. 토끼는 지인에게 늘 붙어 다니는 망상이었다. 개는 들판을 벗어나 태연하게 킁킁 냄새를 맡으며 뒤따랐다.

그와 개는 사제관까지 함께 왔다. 메어리 카튼은 안에 없었다. 교실에는 아이들이 연습하고 있었다. 아이들은 저쪽으로 갔다.

얼굴이 부은 너 댓살 먹은 아이는 교실 문 맞은편 벽 아래에 앉아서, 개신교 아이들이 나올 때까지 얼굴을 찌푸리며 기다렸다. 개를 본 계집아이는 돌을 던질지, 자기 쪽으로 부를지 마음속으로 고심하는 것 같았다. 계집아이는 돌을 던져 달아나게 했다. 세월이 흐른 후에는 그는 모든 것이 소중한 것 인양 아주 소상히 기억했다.

그는 걸쇠가 걸린 초록 문을 열고 안으로 들어갔다. 한 스무 명의 아이들이 저 끝에 한 줄로 서서, 고래고래 노래하고 있었다. 페달식 오르간[10]에서 그에게 목례하고는 연주를 계속하는 메어리 카튼을 그는 알아보았다. 흰 벽은 반짝반짝 윤이 나는 동물판화로 장식되었다. 끝에는 큰 유럽지도가, 끝 부문에 위치한 난로 옆에는 홍차 관련된 것들과 테이블이 놓여있다. 홍차를 갖다 놓는 아이디어는 메어리의 생각이었다. 노래 후에 학생들은 홍차를 마시고 케이크를 먹었다. 마룻바닥은 빵 부스러기로 널브러졌다. 난롯불은 활활 타올랐다. 셔먼은 그 옆에 앉았다. 머리에 기름을 잔뜩 바른 한 계집아이가 다른 편 긴 의자 끝에 앉았다.

"보시다시피"하고 메어리는 나지막하게 말했다. "나는 아이들을 멀리 보냈어요. 어쨌든 아이들은 난로에서 더 멀어졌어요. 그들은 페달식 오르간 가까이 있어야 하는데. 나는 지금은 노래하지 않을 거예요. 당신은 찬송가를 좋아하지요? 나는 별로 좋아하지 않아요. 홍차 한 잔 마실 거예요? 나는 홍차를 아주 잘 탈 수 있는데. 자 봐요. 나는 홍차를 탈 때 한 방울도 흘리지 않아요. 우유를 많이 넣어서 탈까요?" 그건 우유로 가득 찬 어린이용 홍차였다. "자, 봐요, 저기 생쥐 한 마리가 빵 부스러기 한 조각을 가로채 가고 있네요. 쉿!"

음악이 그치고 아이들이 교실바닥을 쿵쿵거리며 걸었다. 그 때까지 그들은 거기에 앉았고, 그 아이는 생쥐를 지켜보고 있다. 셔먼은 삼촌의 편지를 심사숙고 중이었다. 생쥐는 도망가고 셔먼이 자칭한 안주인은 한숨지으며 일어나 다른 아이들과 어울렸다.

---

10) '페달식 오르간'은 소형 오르간으로 발풍금 혹은 하모늄(harmonium)이라고도 한다.

메어리 카튼은 페달식 오르간의 뚜껑을 닫고 서면 쪽으로 왔다. 그녀의 용모와 자태는 부드럽지만 단호한 면을 띠었다. 차분한 눈매, 단정한 얼굴, 통통한 손가락에서 아름다움이 묻어났다. 메어리의 옷은 무지(無地)였지만 특별히 눈에 안 띠는 것은 아니었다. 다른 사교모임에서는 많은 구혼자를 몰고 다녔을 것이다. 하지만 메어리는 시골 읍내에서는 결혼할 타입의 사람은 결코 아니었다. 이런 시골의 아름다움은 핑크색과 흰색으로 드러내기에는 너무 부족해서, 교육받지 못한 이들은 이런 사소한 것에 자기개성을 반영하는 취향을 교양으로 여기며 경탄했다. 모든 미인은 자신의 아름다움을 아는 것이 정당하듯이, 다른 곳에서 있었다면 메어리는 자신의 미모를 알았을 텐데. 메어리는 차분함에 제스처를 더하고, 예사롭지 않은 즐거움에 더 많은 환희와 미소를 보태려고, 그녀는 아름다움을 어떻게 나타내는지 배웠어야 했는데. 예전에도 그랬듯이, 그녀의 태도는 종전의 그녀보다 훨씬 원숙했다.

메어리는 오랜 친구 같은 태도로 서면 옆에 앉았다. 두 사람은 모든 문제를 오랫동안 논의하는데 익숙했다. 그들은 각자 서로에게 한 번도 사랑에 빠진 적이 없는 아주 특별한 친구였다. 완벽한 사랑과 완벽한 우정은 진정 양립할 수 없는 것인가. 사랑은 유령이 전투원을 옆에 두고 싸우는 전쟁터이라면, 우정은 상담이 거할 수 있는 평온한 전원이다.

쑥덕공론을 좋아하는 읍내 사람들은 한 숨을 지으며 포기했을 정도로 두 사람은 아주 오랫동안 절친한 친구이었다. 그들이 지나갈 때면, 한물간 미인이자 연애소설을 즐겨 읽던 독자인 의사 부인은 다음과 같이 말했다. "그네들은 이루말로 다 할 수 없는 냉정한 인물들이에요." 베를린 양모 가게를 운영한 노파도 말했다. "그네들은 결혼할 인물들이 아니에요." 요즘 그들이 오고가는 모습은 사람들의 눈에 띠지 않았다. 그들의 조용하지만 묵묵히 이루어진 우정에 그 어떤 것도 끼어들 틈이 없었으며, 공상을 조장할 거처로 애매함이 조성될 필요도 없었다. 한 사람이 연약하면 다른 사람이 강한 방식이었다. 이를 테면 한 사람이 얼굴이 수수하면 다른 이는 매력적이고, 한 사람이 인도하면 다른 이는 인도받고, 한 사람이 현명하면 다른 이는 어리석은 이런 식이었다. 사랑은 불평등에 기초하고, 우정은 평등에 기초하기에, 사랑하면 순식간에 모든 걸 알 수 있을 것이다.

"존, 오늘 힘든 하루였어요. 얘들에게 내가 노래 가르치는데 도와주려 당신이 오셨지요? 좀 늦었지만 오셨으니 당신이 잘한 일이에요"라고 벽난로에 양손을 쬐면서 메어리 카튼은 말했다.

"아니에요, 나는 댁의 학생이 되려고 왔어요. 난 항상 댁의 학생이에요"라고 그는 대답했다.

"그렇다면, 당신은 매우 순종적이지 않은 학생이네요."

"어쨌든, 이번에 나한테 조언을 좀 해줘요. 삼촌께서 런던 사무실에 근무하면 연봉 백 파운드를 주겠다는 편지를 보냈어요. 내가 가야 할까요?"

"당신은 이미 내 대답을 잘 알고 있잖아요"라고 메어리는 말했다.

"실은 난 잘 모르겠어요. 왜 내가 가야하는지? 난 여기가 흡족한데. 봄을 맞아 정원을 만들 만반의 채비를 지금 하는 중이에요. 좀 있으면 박쥐가 밖으로 움직이는 저녁 무렵이면 강 언저리에서 송어낚시와 산책을 할 예정이에요. 유월에는 달리기 경주에 나갈 거예요. 난 부산한 걸 즐기지요. 난 이곳 생활이 너무 좋아요. 나를 괴롭히는 것이 있으면 난 그걸 멀리하지요. 내가 늘 바쁘다는 걸 당신도 알고 있잖아요. 나는 할 일과 친구들이 있으면 대만족이에요. 이게 전부이에요."

"당신이 런던에 가는 일은 우리들에겐 크나큰 손실이지만, 존, 당신은 가야해요"라고 메어리는 말했다. "당신도 알다시피 언젠가는 당신은 나이 들 것이고, 젊음의 활기가 사라지면 삶이 공허할 것이고, 너무 늙으면 삶에 변화를 꾀하는 일도 여의치 않음을 알게 될 것이기 때문에, 아마도 여생을 행복하게 보내려고 애쓰지만 당신은 단념할거예요. 당신은 히포콘드리아[11] 환자인 은퇴한 세무공무원 고먼처럼, 스티븐 박사처럼 빨간 코에다, 말을 굶겨 죽인 늙은 소장수처럼 늙어가는 것을 나는 보게 될 거예요"라고 웃으면서 메어리는 대답했다.

"우선 위에서 거론한 이들은 바람직하지 못한 인물들이지요. 게다가 노령의 어머니를 모셔갈 수 없는데다, 홀로 내버려 둘 수도 없어요"라고 존은 말했다.

"그런 일이 아무리 성가신 일이라도 곧 잊혀질 거예요. 어머니에게 더 많은 위안이 될 거예요. 우리 여자들은 옷 잘 입고, 아이 돌볼 멋진 집을 갖길 좋아하지요. 당신 또래의 젊은이들은 한가하게 놀지 않을 거예요. 당신은 이 후미진 곳을 벗어나야 해요. 우리 모두는 당신을 그리워하겠지만 당신은 현명해서, 꼭 런던으로 가서 다른 이들과 함께 일하면서 재능을 인정받아야 해요."

"당신은 나를 엄청나게 경쟁자로 여겼을 텐데요! 나도 장래에 부자가 될 공산이 크지만, 난 여기서 친구들과 지내길 바랄뿐이에요."

메어리는 창문 쪽으로 가서는 얼굴을 존 쪽으로 돌린 채 바깥을 내다보았다. 저녁 불빛에 마루 위로는 메어리의 그림자가 길게 드리워졌다.

---

11) '히포콘드리아'는 자기 건강을 지나치게 신경 쓰는 환자를 일컫는다.

조금 후에 "산 비탈길에 사람들이 쟁기질하는 것이 보이네요"라고 메어리는 말했다. 오른쪽에는 말(馬)을 이용하는 이들도 있었다. 도처에는 사람들이 분주하다. 목소리가 잠깐 떨리면서 "존, 사람들이 원하는 걸 다 할 수 있는 곳은 세상 어디에도 없어요. 사람들은 - 의무라든지 하나님 등 - 아주 많은 것을 고려하지요"라고 떨리는 목소리로 메어리는 덧붙였다.

"메어리, 당신이 그렇게 용의주도한 줄은 몰랐어요."

미소를 지으면서 존 곁으로 온 메어리는 말했다. "나는 그렇게 용의주도하지 않아요. 하지만 때론 나 안에 있는 자아가 매우 강력하게 꿈틀거리지요. 사람들은 많이 생각하면서 이치를 따지거든요. 하지만 난 나자신에 몰입하려고 무진 애를 쓰는 편이지요. 지금 나를 포함한 아이들이 자신을 생각하느라고 가끔은 자지 않고 누워있지요. 당신에게 말을 거는 저 아이는 자주 내게 신경을 쓰이게 하지요. 그 계집아이에게 무슨 일이 일어날지 난 모르지만, 그 아이는 나를 불행하게 해요. 걔가 착하지 못한 아이라는 점이 나에게 유감이에요. 가정에서 잘 교육을 받지 못해서 유감이에요. 걔에게 친절하면서 인내심을 가지려고 엄청 나는 애쓰지요. 나는 오늘 기분이 좋지 못해서 당신을 나무랬어요. 저! 나 오늘 후회했어요. 하지만 그녀가 양손으로 그의 한 손을 잡고서 얼굴을 붉히면서, 당신은 꼭 가야만 해요. 당신은 한가하게 보내면 안 돼요. 당신은 모든 걸 얻을 거예요"라고 메어리는 덧붙였다.

초롱초롱한 눈빛과 주위에 저녁 햇살을 받으며 거기 서 있는 메어리를 보니, 서먼은 그녀가 이렇게 아름답다는 걸 생전 처음으로 알았다. 그녀가 관심을 나타내자 기분이 우쭐해졌다. 또 생전 처음으로 메어리가 바로 앞에 있게 되자 서먼의 마음은 좌불안석이었다.

"당신은 선생님의 말을 잘 듣는 고분고분한 학생이 될 거지요?"

"당신은 나 보다 더 많이 알고, 훨씬 철이 들었잖아요. 삼촌께 편지를 써서 제안에 동의한다고 할 거예요"라고 서먼은 대답했다.

"지금 당신은 집에 가야 해요. 어머니께서 홍차 마시는 것을 계속 기다리게 해서는 안 돼요. 저기! 나는 난롯불의 타다 남은 잔불을 긁어내고, 문을 꼭 잠그는 일을 우린 잊어서는 안 돼요"라고 메어리는 말했다.

그들이 현관 계단에 올라서자, 주위에 있던 낙엽은 일진광풍에 날아 갔다.

"낙엽은 나의 낡은 생각이에요. 자 봐요, 낙엽은 모두 다 시들어 버렸어요"라고 존은 말했다.

그들은 묵묵히 함께 걸었다. 사제관에서 존은 메어리를 남겨두고 집으로 향했다.

두 길이 면하는 한 구석에는 인적이 끊어진 밀가루 가게, 십년 전에 타버려서 공허한 채 지금도 여전히 검게 탄 대들보가 드러난 집, 정원 벽 위로 기어오른 제멋대로 뻗은 앙상한 나뭇가지, 그가 세례 받았던 교회 - 어린 시절 이런 곳에 함께 했던 유모들은 그에게 고개를 끄덕이기도 하고 머리를 내젓기도 하는 듯했다.

"어머니, 우리 런던으로 갈 거예요"라고 서둘러 방으로 들어가면서 서먼은 말했다.

"네가 바라듯이, 너는 한 곳에 정착하지 못하고 구르는 돌 신세가 될 것을 나는 이전부터 벌써 알았지"라고 어머니는 말하셨다. "그리곤 런던으로 가야하기에, 나가서 이번 주에 빨래할 세탁물을 끝내는 대로, 모든 걸 꾸려서 끝마쳐야한다"고 어머니는 하인에게 명령했다.

"알겠습니다. 우리가 짐 꾸리길 끝마쳐야 합니다"라고 한 손에는 양파 껍질을 계속 벗기면서, 나이 든 농부는 사정을 잘 모르는 듯이 말했다. 한밤중에 창백한 노파는 갑자기 놀라 침대에서 벌떡 일어나, 머리 위에 걸린 성모마리아12)에게 기도를 올렸다. ―이제야 노파는 전후사정을 알게 되었다.

제4장

1월 5일 2시 경에 셔먼은 소나기가 그치는 사이에 두 번이나 잠시 일광욕을 즐기면서 증기선 '라비니아호'13) 갑판에 앉았다. 증기선 '라비니아호'는 소떼 수송선이었다. 좀 더 비싼 항로로 가는 편이 그의 희망이었지만 의무라는 구식사고방식에 젖은 모친이 승낙하지 않으신 것이다. 그가 예견한대로 갑판 아래는 아주 불편했다. 한 때 훌륭한 선원이었던 그는 갑판 위가 아주 좋았다. 계속 지르는 돼지들의 소리에 돼지들이 진절머리 낸다면 아주 조용할 텐데. 거위들로 가득한 대바구니 옆에 앉은 매우 누추한 노파와 그를 제외하면 모든 승객들은 갑판 아래에 있었다. 노파는 리버플

---

12) '성모마리아'는 가톨릭에서 예수의 어머니이신 마리아 처녀를 말한다.
13) '라비니아호'는 예이츠 외할아버지 윌리엄 폴렉스펜(1811~92)이 소유한 '슬라이고 증기선 항해회사'의 배이름이다. 그는 글래스고, 리버풀, 슬라이고행 증기선을 운항하면서, 매주 슬라이고와 리버풀 간의 증기선도 제공했다. 예이츠는 1890년 더블린에 등록된 증기선의 이름인 '라비니아'를 차용했을지 모른다(『W. B. 예이츠: 『존 셔먼』과 『도야』』 리처드 피너란 편집 97).

시장에 거위를 팔려고 매달 다녔다.

　셔먼은 꿈결에 잠겼다. 아주 적적한 기분이 찾아들자, 이런 사실을 알리고자 필기장에 메어리 카튼에게 보낼 편지를 그는 쓰기 시작했다. 그는 노력을 많이 들이지만 아직은 경험이 미숙한 작가라, 연필로 필사(筆寫)하는 것이 도움이 됨을 알게 되었다. 때때로 그는 에투피리카[14]가 파도위에 잠자는 걸 발걸음을 멈추고 지켜봤다. 이들 중 한 마리가 좀 다른 방식으로 머리를 파도 속으로 처넣었다. "이런 일이 생기는 이유는 각기 특성이 다르기 때문이다"라고 그는 생각했다.

　서서히 시간이 흐르면서 수많은 코르크가 바다에 교대로 둥둥 떠다는 걸 그는 보았다. 반쯤 잠이 든 상태에서 깨어난 노파도 코르크를 바라보았다. "존 셔먼 도련님, 우리는 저녁 전에 머지 강[15]에 도착할 것입니다. 이승에서 공기 한입이외엔 우리가 무엇을 가질 수 있단 말입니까?—야만인들이 들끓는 저 런던에서 도련님은 왜 가시는 겁니까, 존 도련님? 도련님이 잘 아는 사람들과 왜 같이 지내지 않는지요?"라고 노파는 말했다.

---

14) '에투피리카'는 바다오릿과 새이다.
15) '머지 강'은 리버풀에 있는 강이다.

제2부

마가렛 리랜드

제1장

서면과 그의 모친은 해머스미스[16]의 세인트 피터 광장 북쪽에 위치한 조그만 가옥을 임대했다. 앞 창문은 오래된 푸른 광장을, 뒷 창문은 헝겊 조각만한 정원을 마주했다. 마치 정원 주위에는 가옥들이 정원을 짓밟기를 바라는 것처럼, 옹기종기 모여서 윽박지르듯 했다. 정원에는 열매가 열리지 않는 큰 배나무가 한 그루 서 있었다.

　주목할 만한 사건 없이 3년이 훅 지나갔다. 서면은 매일 타워 힐 거리의 사무실로 출근했다. 할 일이 너무 많아서 자신을 혹사했지만 그리 불행하지는 않았다. 그는 일이 좀 서툰 사무원이었지만 어느 누구도 사장의 조카에게 무리하게 강요하지 않았다.

　선박 중개회사 〈서면과 손더즈〉는 오래 전에 설립된 고풍의 건물이었다. 손더즈 씨는 몇 해 전에 돌아가셨어, 집안의 긍지와 재력으로 자긍심이 넘치는 나이 든 총각인 마이클 서면이 혼자서 회사를 경영했다. 모

---

16) '해머스미스'는 런던 서부지역에 위치하고 있다.

든 것을 가졌음에도 불구하고 그는 아주 검소했다. 아마도 그가 사용하던 마호가니 가구는 다른 어느 누구의 가구보다 좀 더 견고했다. 그는 과시라는 걸 잘 이해하지 못했다. 좋은 취향이든 나쁜 취향이든 과시를 하게 되면 변명을 늘어놓아야 하는 법이다. 오래도록 근검절약이 몸에 밴 마이클 서먼은 과시할 여유가 없었다. 그는 오로지 습관에 젖어 사는 것 같았다. 해를 거듭할수록 그는 말이 없었고, 점차적으로 가족과 선박 이외엔 어느 것에도 호의를 보내지 않았다. 그가 말하는 가족은 형수와 조카를 말하는 것이었다. 그는 이들에게 그다지 큰 애정을 갖지 않았다. - 이게 전부였다. '케이프 굿 호프에 있는 S. S. 인더스호,' '모잠비크 해협에 떠 있는 돛단배 메어리호,' '포트 세드에 떠 있는 소형 범선 리빙스턴호,' 더 많은 선박들의 글자가 새겨진 그의 개인 사무실 그림들은 다른 목표인 그의 경영철학을 상기시켜주면서 주위에 걸려있다. 모든 로프는 자로 정확하게 그려져 있었다. 여기저기에 선원들의 그림에는 특히 원근이 무시된 채 보란 듯이 항해하는 멀리 떠 있는 배들이 추가되었다. 모든 선박의 회사 깃발은 배 이름을 보이려고 펼쳐졌다.

어느 누구도 나이 든 마이클 서먼을 좋아하지 않았다. 회사의 모든 이들은 존을 좋아했다. 두 사람은 말이 없는 편이었지만, 젊은 조카는 경련이 일어나면 수다를 떨었다. 늙은이가 출납부 작성에 목숨을 걸었다면, 젊은이는 자신의 꿈에 목숨을 걸었다.

이런 차이에도 불구하고 삼촌은 대체적으로 조카를 흡족하게 생각했다. 그는 가족에게 좀 둔감하다는 생각을 알아챘다. 이런 둔감한 생각 때문에 다른 이들을 화나게도 하지만, 자신을 흐뭇하게도 했다. 게다가 그는 수많은 조짐을 보면서 다음과 같이 말했다. "조카는 진정한 서먼 가족의 일원이야. 우리 셔먼 사람들은 저런 식으로 사업을 처음에는 시작하지만 나이 들면서 경솔한 행동을 삼가지요. 결국에는 우리 모두는 똑같은 입장이지요."

셔먼 부인과 아들은 단지 소규모의 지인들—대체로 몇몇 부자들, 셔먼과 손더즈 집안의 고객들과만 교류했다. 지인 중에는 마가렛 리랜드도 있었다. 세인트 피터 광장 동쪽에 위치한 선박 중개인 고(故) 헨리 리랜드 부인인 어머니와 살고 있었다. 그 집은 셔먼 집보다 더 웅장했다. 새롭게 도색한 현관문은 여러 가지 물건들 중에서도 특히 눈에 띄었다. 사방으로는 청동제품과 도자기 꽃병과 묵직한 커튼이 드리워졌다. 모든 물건에는 마가렛 리랜드의 호기심 넘치고 방랑기질이 잘 나타났다. 이를 테면, 더 고유하고 색슨학파의 가장 밝은 것과 가장 세속적인 것이 경쟁하듯 라파엘전파의 취향이 반영된 이태리 중세풍의 분위기가 물씬 풍기는 우아한 커튼의 주름들, 옆에 나란히 있는 조화(造花)와 박제된 새들, 가장 예술적인 형태와 색상의 화병들이 진열되어 있었다. 이 집은 리랜드 가족 소유였다. 그들은 지금보다 덜 부유한 시절에 이 집을 장만했다. 취향에 따라 집을 개조해왔다. 점점 부유해지면서 집을 가만히 내버려 둘 수 없는 상황이 되었다.

　셔먼은 리랜드 가족을 이따금씩 방문했다. 아주 깊은 호감은 아니지만, 마가렛에게 확실한 호감을 가졌다. 그때까지 그는 마가렛이 가장 멋있는 모자를 쓰고 다닌다는 사실이외는 거의 아는 바가 없었다. 또 고(故)리튼 경은 마가렛이 가장 좋아하는 작가이며, 그녀가 개구리를 혐오한다는 사실은 거의 아는 바가 그는 없었다. 사치와 낭비를 일삼는 이들은 냉정하고 적적하고 쓸쓸하기에 개구리를 혐오한다고 한 프랑스 마법 작가가 쓴 것을 마가렛이 몰랐다는 사실은 분명했다. 마가렛이 그 사실을 알았다면, 자신의 그런 취향을 드러내는데 좀 더 신중했을 텐데.

　나머지 기간 동안에 존 셔먼은 발라 읍을 깜박 잊고 지냈다. 그는 메어리 카튼과 간절한 서신을 교환하지만 엄청 공이 든 편지 쓰기는 점점 뜸하게 되었다. 글래스고의 목사보 직에 있지만 교구민들과는 냉담한 관계인 하워드로부터 소식을 때로는 전해 들었다. 그들은 예배를 진행하는 그의 방식에 반대했다. 그의 편지는 그런 내용 일색이었다. 무슨 일이 일어나더라도 물러나지 않을 것이라고 그는 말했다. 그의 양심이 걸린 문제였다.

제2장

어느 날 오후에 리랜드 여사는 셔먼 여사를 예방했다. 자주 손님 예방을 받는 비만하고 센티멘털한 리랜드 여사는 향수를 자욱이 뿌리면서 돌아다녔다. 날은 따뜻했다. 곤충 날도래가 물건을 공들여 천천히 끌고 가듯이, 리랜드 여사는 아주 공이 많이 든 묵직한 옷을 걸쳤다. 나방 모양의 옷이 의자 장식용 덮개의 나풀거리는 쿠션에 많이 기댄 것에 안도하면서 여사는 소파에 앉았다. 매우 재치 있는 셔먼 여사는 의자덮개를 해체해서 없앴다.

　한숨을 돌리자마자, 리랜드 여사는 애달픈 긴 사연을 늘어놓았다. 딸 마가렛은 갑자기 버림을 받고서 절망에 빠져서 금방이라도 죽을 기색으로 침대에 올라가자 점점 더 창백해졌다. 비록 무정한 사내가 딸의 사정을 들었다는 사실을 마가렛은 알았지만, 그는 딸을 가엾게 여기지 않았다. 여사의 딸이 그 남자의 여동생에게 정황을 얘기했기 때문에 그가 들었다는 사실을 리랜드 여사는 알게 되었다. 이런 성미 때문에 마가렛은 고통 받았지만, 그의 여동생은 일말의 동정심도 보이지 않았다. 마가렛은 좀 심술궂은 면이 있는 편이라, 모든 남성과 장남삼아 연애하지 않았다면, 이번 약혼은 파기되지 않았을 텐데. 심즈 부부도 단연히 동정심은 나타내지 않았다. 딸 친구들인 미스 매리엇과 에리아 테일러 부인도 그 얘길 들었으며, 집사 록도 같은 이야기를 했다. 가정부인 메어리 영도 같은 말을 했다. 메어리 영은 마가렛을 빗질해주면서 그녀에게 그 남자의 편지를 자주 읽어주곤 해서 모든 사정을 알고 있었다.

"마가렛이 그에게 호감을 가졌음에 틀림없네요"라고 서면 여사는 말했다.

"내 사랑스러운 아이, 걔는 아주 낭만적인 것이 문제예요"라고 한숨지으면서 리랜드 여사는 다음과 같이 말했다. "시를 쓰고 벨벳 재킷을 즐겨 입고, 만취 상태가 되어 이태리 귀족부인과 사랑의 줄행랑을 한 친가의 삼촌을 걔가 빼닮은 것은 유감스러운 일이지요. 내가 리랜드 양반과 결혼했을 때, 그 양반은 나와 맞지 않는 인물이라고 사람들은 말했어요. 내가 내 자신에 몰두하는 편이면, 그이는 사업에 전념하는 편이라, 서로 궁합이 맞지 않는 타입이었지요. 하지만 마가렛은 아주 낭만적이에요. 주위에는 신사이자 농부인 월터스 씨, 내가 전혀 반기지 않는 보석상 심슨 씨, ―그리고 사무엘슨 씨, 명예박사 윌리엄 스콧 씨 등이 있었어요. 마가렛은 명예박사 윌리엄 스콧을 제외하고는 모두를 싫증냈어요. 윌리엄 스콧은 마가렛이 눈에다 눈을 흥분시키는 벨라돈나풀[17]을 바른다고 누군가가 그에게 말해주자 그는 그녀를 진저리냈다. ―하지만 이건 사실이 아니었다. 지금 저기 심즈 씨가 오네요!" 리랜드 여사는 조금 울먹이더니, 서먼 여사의 위로를 받았다.

"참 이해심도 많고, 아주 박학다식도 하시네요. 저에게 아주 즐거운 방문이었습니다"라고 리랜드 여사는 헤어지면서 말했다. 날도래는 다른 홍차 컵에 적절한 시간에 도착한 후에 가던 길을 애써 나아갔다.

제3장

리랜드 여사가 서먼의 어머니의 예방을 받은 그날에, 사무실에서 길지 않은 시간을 보낸 후 귀가한 존 서먼은 마가렛이 그를 향해 오는 것을 보았다. 그녀는 팔 아래는 잔디용 테니스 라켓을 들고는 도로의 그늘진 곳을 천천히 걷고 있었다. 그녀는 매우 이례적인 용모의 예쁜 아가씨였다. 정말로 예쁜 건 아니지만 아주 대단한 입심과 득의만만한 표정이어서 모두가 그녀를 미인이라, 그것도 장미향을 지닌 '서양벌노랑이'[18]라 불렀다.

---

17) '벨라돈나풀'은 가지과에 속하는 여러해살이 초본식물로, 유럽 및 북아프리카, 서남아시아가 원산이다. 잎과 열매는 트로판 알칼로이드 성분을 포함하여 매우 유독하다. 이들 독은 섬망이나 환각 상태를 유발하는 스코폴라민과 히오시아민을 포함하며, 추출하여 항콜린제로 사용되기도 한다. 마약 아트로핀도 벨라돈나풀에서 비롯된 것이다.

18) 콩과 식물인 '서양벌노랑이'는 여러해살이풀이다. 길이는 약 30cm 정도이며, 잎은 3소엽, 달걀모양으로 길이 약 7~13mm, 폭은 약 3~8mm이다. 꽃은 5~9월에 샛노란색으로 핀다. '벌노랑이'는 이름처럼 벌과 꽤 흡사한 생김새를 가졌다. 꽃의 크기도 꿀벌과 비슷하

"셔먼, 나는 그간 마음고생을 했지만 더 이상 집에 머물 수가 없었어요. 테니스를 치려고 광장에 가는 길이에요. 나와 함께 가실래요?"라고 그를 맞아 미소 지으면서 다가와 큰 소리로 말했다.

"저는 잘 못 치는데요"라고 그는 말했다.

"물론 서툴겠지요, 하지만 당신은 오늘 오후에 백 명의 사람들 중 눈에 띈 유일한 분이에요"라고 마가렛은 대답했다. "인생이 왜 이렇게 따분하지요! 내가 얼마나 아팠는지 들으셨는지요? 온종일 뭐하세요?"라고 그녀는 계속 말을 이어갔다.

"나는 책상에 앉아, 때론 글을 쓰고, 때론 파리를 쳐다보면서 빈둥거리지요. 머리 위 천정의 파리반창고에는 14마리의 파리가 붙었다. 파리들은 이년 전 겨울에 죽었지요. 나는 때론 파리들을 빗자루로 쓸어버릴까하는 생각도 했지만, 너무 오래 천장에 붙어 있어서 지금은 별로 싫지가 않아요."

"오, 당신이 파리에 익숙한 걸 보니까 그걸 좋아하는군요. 대부분의 경우는 우리 가족에 관련된 병에 대해선 더는 말할 것이 없다고 난 생각해요"라고 마가렛은 말했다.

"가까운 방에는 전혀 말을 하시지 않는 마이클 삼촌이 계십니다"라고 셔먼은 계속 말했다.

"정확하게 말해서, 당신은 전혀 말을 안 하시는 삼촌이 계시고, 난 입이 가만히 있지 못하는 어머니가 계세요. 어머니는 일전에 셔먼 여사님을

고 꽃이 지는 9월이 되면 작은 콩꼬투리를 열매로 맺는데, 이 때문에 '노랑돌콩'이라는 별칭을 갖고 있다.

뵈러 갔어요. 우리 엄마에 대해 셔먼 여사님은 뭐라고 하셨는지요?"

"아무 말씀도 안 하셨습니다."

"정말 그랬어요. 인간은 얼마나 따분한 존재인지요! 운명의 여신들[19]
은 생명의 실을 짜면서, 장난스러운 요괴(妖怪)는 항상 염료단지를 갖고 달
아나지요. 모든 것이 따분하고 밋밋해요. 내가 좀 창백해 보여요? 난 매우
아팠어요"라고 그녀는 큰 한숨을 쉬었다.

"좀 창백한 듯합니다"라고 그는 의심스러운 듯 말했다.

광장의 테니스장 문에 이르자 그들은 멈추어 섰다. 잠겼으나 마가렛
이 열쇠를 갖고 있었다. 자물쇠는 뻣뻣했지만 존 셔먼에게는 식은 죽 먹
기였다.

"당신은 힘이 대단하시네요"라고 그녀는 말했다.

무지개 빛깔이 감도는 봄날 저녁이었다. 숲 속의 잎사귀는 아직 연초
록을 띠었다. 마가렛이 테니스공을 받으려고 돌진할 때에 모자의 빨간 깃
털이 그녀와 함께 즐거운 듯 보였다. 세상 모든 만물이 화사하고 평온했
다. 어느 아름다운 순간에는 온 세상은 현실에 존재하지 않는 듯 했다. 마
치 만사가 무지개 빛깔의 비누거품처럼 만지면 톡하고 사라질 것 같았다.

얼마 후에, 마가렛은 지친다고 말하고는 숲속 정원용 의자에 앉았다.
그녀는 최근에 읽은 소설의 줄거리를 그에게 얘기하기 시작했다. 갑자기
마가렛은 다음과 같이 강하게 말했다. "소설가들은 당신처럼 너무 진지해

---

19) 그리스·로마 신화에 따르면, '운명의 세 여신들'은 인간의 생명을 관장한다. 세 여신은
클로토, 라케시스, 아트로포스이다. 이들은 인간의 생명을 관장하는 실을 관리하는데,
한 명이 실을 자으면 다른 한 명은 이를 감고 나머지 한 명은 인간의 목숨이 다하면 실
을 끊는다고 한다. 이 중에서 실을 잣는 존재를 클로토로 보는 것이 일반적이다.

요. 그들은 우리를 좋지 못한 결말에 이르게 하지요. 우리는 항상 연기하고, 연기하고, 연기한다고 소설가들은 말하지요. 진중한 당신네들은 그 밖에 무엇을 할 수 있지요? 당신은 세인들 앞에서 연기하지요. 아시다시피 우리는 우리들 자신 앞에서 연기를 하지요. 역사상 모든 늙고 어리석은 왕과 여왕들은 우리와 비슷하지요. 그들은 웃고 손짓하다가 선한 목적도 없이 저 블록 쪽으로 사라졌지요. 족장들은 당신들과 비슷하다고 감히 나는 말합니다."

"우리는 그렇게 예쁜 머리를 절대로 자르지 못해요."

"오, 당신은 할 수 있을지 모르지요.ㅡ당신은 내일 나의 목을 칠 것입니다. 당신이 그렇게 하리라는 걸 당신에게 말 하지요"라고 서면을 화사한 눈길로 뚫어지게 보면서, 그녀는 격하게 반복해서 말했다.

그녀의 떠남은 늘 예측불허였다. 변덕이 조변석개처럼 변화무쌍했다. "오 이런! 5시 5분 전이네요. 5분 있으면 어머니께서 홍차 마실 시간이에요. 홍차 시간이 다가오는 것은 나이 드는 것과 비슷한 점이 있어요. 저는 항간의 소문을 떠들러가니, 잘 있으세요"라고 숲 위 세인트 피터 교회시계를 가리키면서 그녀는 말했다.

모자의 빨간 깃털 장식은 숲 사이에서 잠시 빛났다가는 사라졌다.

제4장

다음 날, 그 다음 날에도 서면은 그녀의 화사한 두 눈매에 이끌렸다. 그가 책상에서 편지를 개봉하자, 화사한 두 눈은 개봉한 편지에서 그를 응시하는 것 같았으며, 천장의 파리도 그를 유심히 바라보는 것 같았다. 그날 그는 평소보다 일에 훨씬 굼뜬 직원이 되었다.

어느 날 저녁에 "리랜드는 참 예쁜 눈을 지녔어요"라고 그는 그의 어머니에게 말씀드렸다.

"오 이런, 걔는 눈에도 유독성 벨라돈나풀을 바른다지."

"어떻게 그런 말씀을!"

"리랜드의 어머니는 부인하지만 마가렛은 그걸 눈에 바르는 걸 나는 알고 있지."

"그녀는 정말 아름다워요"라고 하면서 셔먼은 말했다.

"내 사랑하는 아들아, 걔가 너에게 호감을 가진다면, 나는 이를 낙담시키고 싶지는 않다. 요즘 젊은 여자들이 잘 나가는 만큼 걔는 부자지. 어느 여자 할 것 없이 누구나 하나씩은 다 결점이 있는 법이지. 이런 사람에게는 이런 결점이 있지. 누구는 남녀 관계가 지저분하고, 누구는 하인과 다투고, 누구는 친구와 다투기도 하지, 걔가 친구의 험담을 지껄이면 다른 친구는 입에 게거품을 품지."

이런 이야기를 하는 분위기에서는 어떤 낭만도 기대할 수 없음을 알고는 셔먼은 다시 침묵했다.

다음 주나, 그 다음 주에 셔먼은 리랜드의 여러 가지 모습을 보게 되었다. 그는 사무실에 돌아오자마자 거의 매일 저녁에는 그녀를 만났다. 팔 아래에 라켓을 낀 채 그녀와 천천히 걸었다. 그들은 테니스도 많이 쳤고, 이야기를 더 많이 나누었다. 셔먼은 꿈속에서도 테니스를 치기 시작했다. 리랜드는 셔먼에게 본인, 친구들, 내밀한 감정 등 모든 것을 말해주었다. 하지만 매일 그는 그녀에게 대해 점점 더 적게 안다는 생각이 들었다.

모든 걸 언급하지만 그녀는 정작 중요한 걸 말하지 않는다. 게다가 그녀의 거친 말을 통해서 남자보다는 여자에게 더 가까이 내재된 무의식에 잠재된 신비스러운 플루트와 비올의 소리가 지속적으로 나타났다. 우리는 얼마나 자주 아름답고 진솔한 이들에게 그것 이상의 깊이와 신비의 재능을 부여하지 않는가? 아름답고 진솔한 사람들의 목소리를 통해서 플루트와 비올이 세상의 매력적인 비밀을 우리에게 연주하는 걸 단지 듣는다는 사실을 우리는 모르는 경향이 있다.

어린 시절에는 서먼은 소위 첫사랑을 전혀 경험하지 못했다. 이제 서른 살이 지나면서 첫사랑이 그에게 다가왔다. ─즉 사랑은 감각이나 애정이라기보다는 상상으로 그에게 더 다가왔다. 그가 믿는 건 주로 두 눈이었다. 이런 사랑은 진지해지면서, 돈과 결부된다는 사실을 부인할 수는 없다. 그간 잠재해 있다가 활성화된 이런 생각은 서먼의 마음에 오랫동안 자리 잡았다. 주지하는 바와 같이 서먼은 돈과 결혼할 것이다. 천장에 붙어 있는 14마리의 파리에 그의 눈길이 사로잡혔을 때, "난 부자가 되어야 해. 난 이 전원에서 집을 장만해야 해. 난 사냥도 사격도 해보아야 해. 난 정원사가 세 명이나 필요한 정원도 가져야 해. 그리고 마지막으로 지긋지긋한 사무실을 떠나야 해요." 갈수록 두 눈은 훨씬 더 아름다워졌다. 이런 생각은 새로운 종류의 벨라돈나풀 같았다.

심지어 상쾌한 오솔길을 선택하면서도 서먼은 조금은 움츠러들었다. 본인을 위해 그는 수많은 미래 계획을 세웠으며, 모든 계획을 매우 좋아하는 걸 배웠다. 이런 생각에 젖어서 그는 오랫동안 발라에 생각이 머물렀다. 그렇다고 이런 상황 때문에 그가 결정을 못 내린 것은 아니었다. 정원 하나에 세 명의 정원사를 두려고 그에게는 우주 같은 소중한 발라를 포기해야만 했을 것인데. 심지어 최상의 꿈조차 물질로 환산하는 현사태가 얼마나 서글픈 일이었던가! 우리가 인생에서 취하는 모든 단계가 상상에서 하나의 사망에 이르도록 강제하는 신의 섭리를 감수하는 일이 얼마나 힘든 일이었던가! 침침한 마음 한구석에서 일어나는 한탄을 듣지 않을 새 희망에 몰입하기가 얼마나 어려운 일이었던가!

어느 날 셔먼은 청혼하기로 결심했다. 아침에는 거울 속 자신을 살펴보고는 생전 처음으로 자신이 얼마나 잘 생겼는지 보려고 미소를 지었다. 저녁에는 사무실을 떠나기 전에 손님방의 벽난로 선반20) 위의 거울 속 자신을 유심히 들여다보았다. 그의 얼굴로 가득 찬 창문에는 태양이 불타듯 빛났다. 그는 건강해 보이지 않았다. 즉시 모든 용기가 그를 떠나버렸다.

그날 저녁에 어머니가 주무시러 가신 후에 셔먼은 밖을 나서 템스 강변을 따라 멀리 걸었다. 희미한 안개가 더 먼 편에 위치한 집과 공장을 반쯤 덮어버렸다. 그의 옆에는 한 무리의 고리버들21)이 부드럽게 흔들렸다. 인적은 드물고 가득한 강물이 고리버들 가지를 휘감았다. 모든 것을 그는 기이한 눈으로 방관하듯 지켜보았다. 그는 일체의 소유욕이 없었다. 정말이지 런던에 소재하는 모든 것이 과거에는 많은 사람들이 소유했다면 앞으로는 누구나 다 가질 수 있다는 것처럼 그에게 보였다. 그가 진정으로 소유한 것 같았던 또 다른 강이 낯익은 광경과 함께 그의 추억 속으로 흘

---

20) '벽난로 선반'은 영어로 맨틀피스(mantelpiece)를 말한다.
21) '고리버들'은 낙엽 작은키나무로 강기슭이나 하천 가에 자란다. 잎은 좁은 피침형으로 길이 15-25cm, 폭 3-10mm, 가장자리는 밋밋하고 뒷면은 은백색을 띤다. 꽃은 4월에 암수 딴그루에 잎과 함께 핀다. 수꽃이삭은 긴 타원형이고 길이 1.5-3.0cm, 암꽃이삭은 기둥 모양으로 길이 2.5-3.5cm, 열매가 익을 때 6cm까지 자란다. 열매는 5월에 익으며 삭과, 긴 털이 있다. 하천변에 제방보호용으로 심거나 공원의 물가에 조경수로 심는다.

러들어왔다. ―사내아이들은 말안장까지 차오르는 강물에 말을 몰았으며, 물고기는 강에서 뛰어오르고, 물가를 날아다니는 곤충들은 잔물결을 타고, 백조는 잠들었고, 계란풀은 강 언저리의 빨간 벽돌 위에서 자랐다. 그는 매우 서글픈 생각에 잠겼다. 행로가 일정치 않은 불타는 유성이 어둠에서 솟아올랐다. 이런 상황에서 순간적으로 마가렛 리랜드를 그는 다시 생각했다. 그녀와의 결혼은 그가 아주 사랑했던 옛 삶과 결별하는 것이라고 서먼은 생각했다.

팟니[22]로 흐르는 템즈 강을 가로질러 그는 서둘러 시장 정원 사이에 있는 집으로 향했다. 집에 가까이 오자, 거리에는 인적이 드물었고, 상점들은 잠겨있었다. 완전히 동떨어져 있는 킹 스트리트가 브로드웨이와 만나는 바로 그 곳 한 가운데에서 검은 작은 고양이가 자신의 그림자를 좇아 날뛰고 있었다.

"오, 검은 작은 고양이가 된다면 얼마나 좋을까. 달빛을 받으며 이리저리 뛰놀고 햇볕을 받으면서 잠자고 날파리를 잡아먹고, 앞으로 할 일이나 결정할 일이 어렵거나 힘들지 않고 단순하고 동물적 욕망으로 가득차면 얼마나 좋은 일인가"하고 서먼은 생각했다.

브리지 거리의 한 코너에는 사람의 체취가 풍기는 유일한 상징인 커피 노점이 있었다. 그는 콜드미트[23]를 좀 사서, 작은 검은 고양이에게 휙 던졌다.

---

22) '팟니'는 런던 남서쪽의 지역이다.
23) '콜드미트'는 조리된 냉동고기를 말한다.

제5장

며칠이 지나갔다. 마침내 어느 날 평소보다 조금 더 일찍이 광장에 도착하여 마가렛을 앉아서 기다린 셔먼은 갈기갈기 찢겨진 편지조각이 주위에 널브러져 있는 걸 보았다. 그의 옆 의자 위에는 연필이 놓여 있었다. 마치 누군가가 거기서 편지를 쓰다가 뒤에 남겨놓은 것처럼 보였다. 연필심은 닳아서 아주 짧았다. 아마도 초조함이 발작하면서 편지는 갈기갈기 찢어졌다.

거의 무의식적으로 그는 찢어진 편지조각을 힐긋 보았다. 그는 찢어진 편지조각의 하나는 다음과 같았다. ─"내 친애하는 일라이자, 우리 어머니는 못 말리는 수다쟁이야! 너는 나의 불운을 풍문으로 들었지. 나는 거의 죽을 뻔 했어."─여기서 그는 편지조각을 찾아야만 했다. 마침내 그는 다음과 같이 이어지는 편지조각을 찾았다. "아마 넌 곧 나의 새로운 소식을 듣게 될 거야. 내가 주목하는 잘생긴 젊은이가 생겼어."─여기에 또 다른 편지조각이 발견되었다. "비록 그는 달에 사는 사람과 같은 얼굴을 지녔으며 극장에서는 악마처럼 절뚝거렸지만 난 그이를 선택할 거야. 아마 난 사랑에 빠졌나봐. 오, 내 마음을 알아주는 친구여."─여기서 편지조각은 다시 중지되었다. 그는 흥미가 동해서 편지조각을 찾아 풀밭과 숲을 수색했다. 몇몇 편지조각들은 멀리까지 날아갔다. 지금 그는 대여섯 문장을 조합했다. "난 뭔가를 도모하려고 어머니와 함께 또 다른 겨울을 보내지 않을 거야. 물론 이 모든 것은 비밀이야. 난 어떤 이에게 실토해야만 했어. 비밀을 지키는 일은 나의 건강을 유지하는데 안 좋거든. 아마 이런 일은 흐지부지 될 거야." 다음 편지에는 옷, 리랜드가 읽었던 마지막 소설

등등으로 시작되었다. 리랜드를 좀 안 좋게 말한 미스 심스도 언급되었다.

셔먼은 아주 흐뭇했다. 그가 잘못 곡해한 건 아닌 것 같았다. 우리 독자들은 군중 속의 한 사람을 기꺼이 몰래 염탐하며, 문학작품에 나오는 명사들을 그 이상으로 몰래 염탐한다. 그러나 그의 친구 중 한 사람이 휘갈긴 글씨와 연관이 있다는 점이 그에게 떠오르지 않았다.

갑자기 셔먼은 다음과 같은 문장을 보았다. "아이고! 가엾은 마가렛이 다시 사랑에 빠졌네요. 내 사랑하는 이, 그녀를 동정해주세요."

그는 소스라치게 놀랐다. '마가렛'이란 이름, 미스 심스의 언급, 전체 편지의 스타일로 모든 것을 판단해보면 편지의 작자는 누구인지 분명해졌다. 참담하게 부끄러움을 느낀 그는 일어나 편지조각을 훨씬 더 작은 조각으로 찢어서 멀리 흩어버렸다.

그 날 저녁에 그는 청혼해서 결혼승낙을 받았다.

제6장

대여섯 동안 새 하늘이 열리고, 새 땅이 솟아났다. 미스 리랜드는 갑자기 삶의 진지함에 깊이 영향을 받은 것 같았다. 그녀는 점잖음 그 자체였다. 작은 원형의 햇살이 마치 수많은 새 군주처럼 나뭇잎에서 떨어지는 것을 지켜보면서, 셔먼이 그을린 줄기의 나무 아래 손수건만한 정원에서 일요일 아침에 앉아 있을 때, 여태까지보다 더 오랫동안 더 예민한 환희에 찬 마음으로 햇볕을 지켜보았다. ─분명히 새 하늘, 새 땅이 열리는 것 같았다!

셔먼은 수영,[24] 민들레, 물망초, 한 뙈기의 막 자란 잡초를 뽑으면서,

손수건만한 정원에 심고 파고 갈퀴질했다. 정원은 그가 신구(新舊) 삶 사이의 접촉점이었다. 손수건만한 정원은 서먼이 정원수의 경험과 때 이른 채소를 사랑하는 마음을 충족시키기에는 너무 작고 너무 척박하고 너무 그늘이 많이 졌다. 필연적으로 이런 좁고 척박한 정원 때문에 서먼이 건물과 침실 주위에 많은 것을 모아두려는 그의 애착은 너무 심해 보이지 않을 것이었다. 발라의 정원은 한 젊은 가족의 성장기처럼 그에게 감동을 주곤 했다. 이제 그는 자신에게 내재된 야성적인 색감을 충족시킬 정도로 흐뭇했다. 바로 주위에 잎이 교대로 나 있는 호생의 접시꽃, 해바라기가 심어져 있고, 그 뒤로는 강낭콩이 1인치 높이로 갈라진 새싹을 드러냈다.

어느 일요일에 약혼에 관해서 친구들에게 편지 쓸 생각이 그에게 떠올랐다. 친구들을 헤아려 보았다. 하워드, 좀 덜 친한 사람들, 메어리 카튼. 카튼 이름을 생각하자 그는 멈추었다. 서먼은 지금 당장은 편지를 쓰지 않을 작정이다.

---

24) '수영'은 마디풀과의 여러해살이풀이다. 줄기는 곧게 선다. 잎은 어긋나며, 긴 타원형으로 아랫부분은 화살촉 모양이다. 뿌리잎은 뭉쳐나며 잎자루가 길다. 암수딴그루로서, 꽃은 5~6월경에 녹색이나 엷은 홍색으로 피는데, 원뿔 모양의 이삭을 이루면서 가지 끝에 달린다. 수꽃은 6개의 꽃덮이조각을 가지며, 6개의 늘어진 황색 수술을 가지는데, 이것은 바람이 불면 꽃가루가 날리는 풍매화이다. 암꽃에도 6개의 꽃덮이조각이 있는데, 바깥쪽 3개는 밖으로 휘고 안쪽 3개는 꽃이 진 뒤에 날개 모양으로 커져서 열매를 싼다. 암술머리는 홍자색으로 가늘게 갈라져서 날아온 꽃가루를 받아들인다. 열매는 수과로 3개의 날개가 있다. 주로 들이나 길가에서 많이 볼 수 있으며, 온대 각지에 널리 분포하고 있다.

제7장

어느 토요일에 테니스 파티가 열렸다. 미스 리랜드는 온종일 외교관 사무실의 한 젊은 직원에게 온 정성을 쏟았다. 그녀는 그와 테니스를 치고, 담소를 나누고, 레모네이드를 같이 마시면서, 다른 이들과는 생각도 말도 섞지 않았다. 테니스는 늘 따분한 일이라 이번에는 셔먼은 테니스 게임에는 초청받지 못했다. 존 셔먼은 아주 흐뭇했다. 이런 일은 질투 때문에 생길 수 있는 일이라는 걸 그는 생각하지 못했다.

하객들이 뿔뿔이 헤어지자, 그의 약혼자가 그에게로 다가왔다. 그녀의 태도는 이상해 보였다.

그들이 광장을 떠나면서, "마가렛, 무엇이 당신을 괴롭히지요"라고 그는 물었다.

"세상 모든 것이요, 당신은 매우 성가신 존재예요. 당신은 감정도 없어요? 당신은 성질도 없어요? 당신은 내가 지금껏 약혼한 가장 어리석은 존재예요"라고 해괴한 비밀을 말하면서 마가렛은 자신의 주변을 둘러보았다.

"뭔 일이 있어요"라고 그는 당황한 채 물었다.

"내가 저 젊은 직원과 온종일 시시덕거리는 걸 당신은 못 보셨어요? 당신은 질투심에 북받쳐 나를 거의 죽였어야 했어요. 당신은 날 조금도 사랑하지 않죠. 내가 무엇을 해야 할지 모르겠어요!"라고 갈라진 목소리를 내면서 그녀는 말했다.

"아시다시피, 당신이 그렇게 말하는 건 옳지 않아요. '존 셔먼을 좀 보세요. 그가 얼마나 분개하겠어요'라고 사람들은 말할지 모르죠. 확실히,

나는 조금도 분개하지 않을 거예요. 하지만 사람들은 내가 분개했다고 왈가왈부할 거예요. 물론, 그건 중요하지 않을 거예요. 하지만 당신이 그렇게 말하는 것은 잘한 일이 아니에요"라고 셔먼은 말했다.

"당신은 감정이 있는 척해도 아무 소용이 없어요. 죽은 듯한 오래된 가게와 활기 없는 오래된 지역사회가 있는 한 비참한 작은 읍내가 당신의 고향이요. 당신이 아름다운 구릿빛 얼굴을 지니지 않았다면, 이 순간 나는 당신을 사랑하는 것을 포기할 텐데. 나는 당신을 교양이 들게 할 것입니다. 내일 저녁에는 당신은 오페라를 보러 가야할 것이에요"라고 달래는 듯한 표정으로 그녀는 덧붙였다. 갑자기 그녀는 화제를 바꾸었다. "당신은 저 비만한 작은 체구의 남자가 광장에서 나오는 걸, 나를 째려보는 걸 보았는지요? 한때 난 그 남자와 약혼한 상태였어요. 나에게 보닛 모자를 흔들면서, 그 남자 뒤에 있는 네 명의 노파들을 좀 보세요. 이들 각자는 나와 관련된 얘길 하고 있어요. 백년이 지나도 이런 상황은 똑같을 거예요."

이런 일이 있은 후에 그는 한 순간도 마음이 편한 날이 없었다. 그녀는 그를 극장, 오페라, 파티에 지속적으로 데려갔다. 이 중에서 마지막으로 행하는 파티가 특별히 성가신 일이었다. 무절제하다는 말을 들을 정도로 그녀의 주위에 부러워하는 이들이 원형을 이루며 모이게 하는 재주는 그녀의 버릇이었다. 셔먼은 더 이상 이런 뻔뻔스러움 그 자체를 만끽할 그런 나이는 아니었다.

제8장

점차적으로 편지랑 천장의 14마리의 파리를 지켜보면서 상상력에 젖은 초롱초롱한 두 눈에 이젠 오랫동안 누려온 평화는 끝났다. 두 눈은 두 개의 소용돌이 같았다. 두 눈에 그의 삶의 질서와 고요함이 시시각각 스며들었다.

그는 꿈이 서려 있는 정원과 세 명의 정원사가 있는 시골집을 이따금 여전히 생각하지만, 어쨌든 고향의 매력은 예전에 비하면 반밖에 지나지 않았다.

그는 하워드와 다른 이들에게 이미 편지를 썼으며, 마침내 메리 카튼에게도 편지쓰기를 시작했다. 편지쓰기는 책상 위에 미완인 채로 놓여 있었다. 편지 위에는 먼지가 얇게 코팅되어 쌓였다.

리랜드 여사는 지속적으로 셔먼 여사를 예방했다. 그녀는 연인들의 이야기에 감상적이 되어, 심지어 연인들을 두고 눈물을 흘렸다. 일주일 동안 이 집 저 집을 방문하면서 집안 분위기는 온통 대화로 넘쳐났다.

편지 쓰는 시간인 매주 일요일 아침마다 셔먼은 그가 못다 쓴 편지를 바라보았다. 시간이 흐르면서 그가 편지를 끝낼 수 없다는 것이 명백해졌다. 그는 메리 카튼에게 우정 이상의 관계는 아니었던 것 같았다. 하지만 어쨌든 그녀에게 이번 연애 건을 알리는 일은 가당찮은 일이었다.

그의 약혼자가 그를 괴롭히면 괴롭힐수록, 그는 미완의 편지를 더 생각했다. 그는 교차로에 선 그런 심정이었다.

남풍이 불어올 때마다, 그는 그의 친구를 생각했다. 왜냐하면 이 바람이 불어올 때마다 바람이 그의 마음을 추억으로 가득 채워주었기 때문이다.

어느 일요일에 그는 편지봉투의 먼지를 아주 경건한 마음으로―마치 운명의 바퀴에서 생긴 먼지인양 제거했다. 하지만 편지쓰기는 여전히 미완인 채로 남았다.

제9장

매달 첫 수요일 서먼의 습관처럼, 유월 어느 수요일에 그는 평소보다 한 시간 일찍 사무실에서 집으로 도착했다. 이 날 그의 모친은 친구들과 편안하게 지냈다. 친구들이 많지는 않았다. 오늘 방문객은 옷차림이 남루한 노파, 어머니가 지적한 그 여성을 제외하고는 아직은 다른 친구는 없었다. 그는 어머니의 친구가 어디에 사는지 몰랐다. 그녀는 서먼의 사진첩을 보면서 자신이 잘 나갔던 시절에 알았던 이름과 날짜를 상기했다. 어머니가 나가시자 미스 리랜드가 들어왔다. 미스 리랜드는 가엾은 노파의 나달나달해진 망토를 더욱 의식하고는 쌀쌀한 눈길을 보내며, 양 손을 내밀면서 서먼 여사 쪽으로 갔다. 어머니의 기벽(奇癖)을 평소 잘 알고 있던 서먼은 모친의 좀 살가운 면을 알아챘다. 아마도 서먼 여사는 예쁜 잠자리 같은 미스 리랜드를 전혀 알아보지 못했다.

"존은 그림을 배워야 한다고 말해주려고 제가 왔어요. 음악과 사교로는 충분치 않거든요. 세련미를 심어주는 데는 그림만한 것이 없어요. 저기요! 나는 당신을 아주 새 사람으로 만들 거예요. 당신은 무시무시할 정도로 야만적인 면이 있어요"라고 존 서먼을 바라보면서 미스 리랜드는 말했다.

"마가렛, 내가 뭐가 문제지요?"

"그냥 저 넥타이 한 번 보세요! 넥타이만큼 남자의 교양을 나타내는 건 없어요! 그리고 당신이 하는 독서 책 좀 보세요! 아무도 얘기하고 싶지 않는 고서(古書)만 당신은 읽잖아요. 이달에 모든 이가 읽었던 세 권을 당신에게 빌려줄 거예요. 정말로 당신은 좌중을 사로잡을 만한 이야깃거리를 갖고 넥타이를 바꿔야 해요."

이윽고 그녀는 의자 위에 사진첩이 펼쳐 있는 걸 알았다.

"오, 나는 존의 아름다운 면을 달리 보고 있어요"라고 마가렛은 외쳤다.

잘난 얼굴에 모든 기품을 보태는 게 그의 버릇이었다. 십중팔구 이런 버릇은 오래된 독신생활의 초기현상이었다.

이번에는 마가렛은 모든 사진을 두고 차례로 트집을 잡았다. "마치 마음에 생기를 찾은 것처럼 그녀는 보이네요!", 혹은 "졸음에 겨운 당신 눈꺼풀이나 그러한 말투가 난 정녕 마음에 안 들어요." 한 마디 말도 없이 어색한 관계가 지나갔다. 한 얼굴이, 그것도 차분한 한 얼굴이 대여섯 번 스쳐갔다. 세 번째에 마가렛의 이름이 그 위에 겹쳐 떠올랐을 때, 뭔가 좀 골이 난 서먼 여사는 "저 사람은 그의 친구 메어리 카튼이에요"라고 말하셨다.

"그는 카튼에 관해 내게 얘기했습니다. 그는 카튼이 준 책 한 권을 갖고 있지요. 그래서 저 사람이 그녀라는 겁니까? 참 흥미진진하네요! 저는 가난한 시골 사람들이 가엾어요. 바보처럼 가만히 있기가 무척 어려워요."

"내 친구는 전혀 바보스럽지 않아요"라고 서먼은 말했다.

"그녀는 아일랜드 지방 사투리로 말하지요? 어머니께서 그녀가 매우 착하다고 말씀하신 걸 기억합니다. 누군가가 매우 착하다고 할 때 상투적으로 말 안하기가 어려운 편이죠."

"당신은 메어리 카튼에 대해 아주 잘못 알고 있어요. 당신은 그녀를 매우 마음에 들어 하실 거예요"라고 서먼은 대답했다.

"메어리는 가족, 친척, 친구의 아이들의 얘기 즉 한 아이가 어떻게 백일해에 걸렸으며, 다른 아이가 어떻게 홍역을 잘 극복했는지 같은 화제를 올리는 갑남을녀 중의 한 사람이라고 나는 생각합니다." 미스 리랜드는 엄지와 집게손가락 사이에 나뭇잎 하나를 초조하게 계속 흔들었다. "미스 카튼이 이렇게 이상하게 머리를 땋고, 꼴불견의 옷을 입다니!"

"당신은 그녀를 두고 그런 식으로 말해서는 안 됩니다. 그녀는 나의 가장 절친한 친구입니다."

"친구! 친구! 당신은 남자와 여자 사이에 우정의 존재를 내가 진정 믿는다고 생각하지요!"라고 미스 리랜드는 갑자기 분통을 터뜨렸다.

미스 리랜드는 일어나서, 화제를 바꾸려는 태도로 돌아서면서 다음과 같이 말했다. "당신은 약혼 건에 관해서 친구들에게 편지를 다 썼나요? 최근에 물어보았을 때 당신은 아직 편지쓰기가 끝내지 않았다고 말했어요."

"편지쓰기를 끝냈습니다."

"모두에게?"

"글쎄, 모두는 아니고요."

"당신의 절친한 친구 ○○○라고, 당신은 그녀를 뭐라고 부르지요?"

"미스 카튼. 그녀에게 편지를 쓰지 않았어요."

미스 리랜드는 초조하게 발을 굴렀다.

"그들은 정말 오랜 친구였어요. 그게 전부에요"라고 서먼 여사는 문제가 해결되길 바라면서, 다음과 같이 말했다. "두 사람은 독서 애호가였어요. 독서가 그들을 맺어 주었지요. 나는 그녀를 많이 마음에 두지는 않았어요. 하지만 그녀는 친구로서 차고 넘쳤어요. 독서, 정원 가꾸기, 좋은 훈육을 거론하면서, 셔먼이 이웃의 게으른 젊은 친구를 멀리하는 데 도움을 주었죠."

"어머니께선 아들에게 편지를 즉시 쓰도록 하셔야 합니다. 꼭 쓰셔야 합니다. 꼭 쓰셔야 합니다"라고 애원하면서 미스 리랜드는 거의 흐느낄 뻔 했다.

"내가 약속하지요"라고 셔먼을 대답했다.

즉시 제정신이 든 미스 리랜드는 다음과 같이 외쳤다. "제가 그녀의 처지라면, 나는 편지를 받았을 때 무엇을 하고 싶은지 나는 알고 있습니다. 저는 누군가를 죽이고 싶은 심정도 이해합니다!" 밖으로 나가 벽난로 선반 위의 거울에 비친 자신을 보고 그녀는 웃었다.

제3부

존 셔먼이 발라를 다시 방문하다

제1장

다른 이들은 모두 가버리고, 셔먼만 혼자서 거실 창문을 통해 밖을 내다봤다. 런던이 이렇게 버림받은 암초처럼 보였던 적은 그에게 일찍이 없었다. 광장의 숲은 먼지로 뒤덮였다. 보도에서는 참새들은 깃털을 세우고, 행인들이 지나가자 계속 불안해했다. 하늘은 연기로 가득했다. 군중 속에서 지독한 고독감이 그를 엄습했다. 생의 한 부분이 끝나가고 있었다. 머지않아 그는 더 이상 젊은이가 아니고, 새로움에 대한 갈망이 점점 더 줄어드는 시기인 지금, 인생에 아주 큰 변화가 다가오고 있었다. 그는 기억의 창고가 과거에 머무는 그런 유의 한 사람이라고 절실히 느꼈다. 지금은 과거가 다시 새롭게 시작되는 일을 없을 것이다. 마치 낯선 배를 타고 낯선 선원들과 함께 나아간 것처럼 그는 집을 나와 먼 곳으로 나아가고 있었다.

어린 시절을 보낸 읍내의 좁은 골목길, 보잘 것 없는 작은 가게를 그는 다시 보고 싶었다. 여러 해 동안 친구이던 메어리 카튼에게 편지보다는 몸소 직접 약혼 건을 말하는 것이 더 쉬운 일이었다. 간단한 일을 편지로 쓰는 일이 왜 이렇게 어려웠는지 그는 의아해했다.

일단 결정이 되면 갑자기 행동하는 것은 그의 버릇이었다. 지금까지 살아오면서 그는 많은 결정을 해 본적이 없었다. 다음 날 삼사일 동안 출근하지 않을 것이라고 사무실에 통보했다. 고향에 일이 있다고 어머니에게 말씀드렸다.

그가 손에 가방을 든 채 걷고 있을 때 그의 약혼녀가 터미널로 가는 그를 만나서, 어디로 가는 길이냐고 물었다. "난 고향에 업무차 가는 길이다"라고 말하고는 얼굴이 붉어졌다. 그는 도둑처럼 살금살금 걷고 있었다.

제2장

그는 소가 끄는 완행기선을 피하여 더블린을 경유하여 갔기 때문에 기차로 발라 읍에 도착했다.

도착시간이 아침나절이라, 저녁 4시까지 기다릴 곳으로 임페리얼 호텔을 정했다. 학생들의 연습일인 목요일에 도착하려고 여행시간을 조정했기에 메어리 카튼은 학교에 있었다.

거리를 지나면서, 그의 마음은 온통 낯익은 장소와 광경에 쏠렸다. 이를 테면 금방이라도 바스러질 듯한 일련의 황폐한 이엉으로 이은 오두막집, 가게의 슬레이트 지붕, 구스베리를 파는 여인들, 강의 다리, 정원사들이 전 주인이 토끼 모습의 유령을 보곤 하던 높은 정원의 벽, 한 밤중에 머리가 없는 군인이 두려워서 어떤 아이도 지나가지 못했던 도로의 코너, 인적이 드문 밀가루 가게, 잡초로 덮인 부두 등이었다. 그는 켈트족의 신앙심으로 모든 걸 지켜봤다. 이런 신앙심은 켈트 망명자들에 의해 지금까지 이 세상에 전해졌다. 오래전부터 소문으로 전해진 여행담은 구슬픈 노래로 채워졌다.

지금 그는 손님으로 붐비는 임페리얼 호텔 창가에 앉았다. 그는 손님들 중 어느 누구도 알아보지 못했다. 회상에 회상을 거듭하면서 거기에 앉아 있었다. 날아다니는 그림자로 이 읍내를 뒤덮던 잿빛 구름은 마치 늙고 부스스한 머리털의 독수리들에게 급습당한 것 같았다. 매일던[25]이 생명의 바다로 질주하는 걸 지켜보았던 바로 그 독수리 같았다. 도로 저 아래에는 시골 사람들, 도회인들, 여행객들, 바구니를 든 여인들, 당나귀를 모는 소년들, 지팡이를 짚은 노인들이 지나갔다. 그는 한 사람의 얼굴을 알아보았고, 그도 나 자신을 알아보았다. 낯익은 목소리로 나를 환영해 주었다.

"존 양반, 당신은 아버지보다 더 멋진 신사가 되어 고향에 오셨네요. 당신 아버지는 아주 말쑥한 분이었지요. 하나님의 축복이 있으시길 기원합니다!" 셔먼에게 점심을 가져다주면서 웨이터는 말했다. 사실 셔먼은 최

---

25) 이 대목은 예이츠가 읽은 『고대 켈트인의 무용담』의 "매일던의 여행"을 언급한 것이다. 이 책은 P. W. 조이스가 번역한 책으로 1896년에 런던의 데이비드 넛 출판사에서 출간되었다. "신비스러운 호수섬"이란 제목의 한 에피소드에서 매일던과 친구들은 늙은 독수리가 호수에서 목욕함으로써 젊음을 새로 얻는 걸 지켜보았다. "한편 다른 새들이 날아간 후에 나이 든 새는 저녁까지 깃털을 부드럽게 계속 가듬었다. 그 후 날개를 흔들면서 날아올랐다. 마치 자신의 힘을 시험하듯이 섬 둘레를 세 번이나 날았다. 사람들은 이제 그 새가 늙은 모습을 완전히 탈피한 것을 관찰하면서 알게 되었다. 깃털은 두껍고 윤이 나고 머리털은 똑바로 서고 눈은 밝게 빛났다. 이제 이 새는 다른 새들처럼 아주 강력한 힘과 민첩함으로 날아갔다(161)"(『W. B. 예이츠: 『존 셔먼』과 『도야』』 리처드 피너란 편집 98).

근 몇 년 동안에 더 멋있어 보였다. 그의 천성의 한복판에 삶이 한 줌의 경험을 보태면서, 얼굴과 몸짓은 더 위엄을 띠었다.

4시에 그는 호텔을 나서서 아이들이 뛰어나올 때까지 교사(校舍) 근처에서 기다렸다. 한두 명의 나이든 학생들을 알아보았지만 고개를 돌렸다.

제3장

셔먼이 들어섰을 때 메어리 카튼은 페달식 오르간을 닫고 있었다. 놀라움과 기쁨의 기색으로 그를 맞으면서 그녀는 다가왔다.

"당신 만나길 얼마나 자주 고대했는데요! 언제 오신 거예요? 나를 만나려면 어디를 가야하는지를 아는 당신은 나의 습관을 너무나 잘 기억하고 있네요. 내 사랑하는 존, 당신을 만나니 얼마나 기쁜지요!"

"내가 떠날 때 모습처럼 당신은 하나도 안 변했어요. 이 방도 똑같고요."

"네, 그래요. 똑같지요. 단지 과일, 나뭇잎, 새 둥지 판화 몇 점들을 더 걸었지요. 지난주에 이 일이 막 끝났어요. 사람들은 어린이용 그림과 시를 고르면서, 매우 가정적인 걸 선택하지요. 난 이런 종류의 그림이나 시는 갖고 있지 않는데요. 아이들은 잘 길들여진 동물은 아니지요. 하지만 존, 이 낡고 오래된 교사(校舍)에서 다시 당신을 보니 정말 즐거워요. 이곳의 우리들은 변화가 거의 없어요. 어떤 이는 돌아가셨고, 어떤 이는 결혼했지요. 우리는 나이가 좀 더 들었고, 나무는 키가 좀 더 자랐습니다."

"내가 결혼할 예정이라고 당신에게 말하려고 왔어요. 그녀는 순식간에 아주 창백해져 마치 실신한 듯 주저앉았다. 의자 가장자리 위의 손은 바르르 떨었다.

서먼은 메어리를 바라보고, 당황하고 무감각한 기색을 지속적으로 띠었다. "내 약혼자는 미스 리랜드이에요. 엄청 부자예요. 어머니께서는 내가 돈 좀 있는 사람과 결혼하길 원하신 걸 알잖아요. 살아생전에 그녀의 부친은 〈서먼과 손더즈〉 회사의 오랜 고객이었어요. 사교계에서 그녀는 매우 흠모의 대상이어요." 점차적으로 그의 목소리는 들릴 듯 말듯 했다. 그는 말하고 있다는 사실을 의식 못하는 것 같았다. 완전히 말을 멈추고 메어리 카튼을 바라보았다.

그의 주위의 모든 것은 약 3년 전의 모습과 같았다. 식탁은 컵으로, 마룻바닥은 빵부스러기로 널려 있었다. 식탁 아래에 빵부스러기 하나를 끌고 가는 생쥐는 일전의 저녁 때 아마 그 생쥐였을 것이다. 단지 차이점은 하나는 음침한 여름날이고, 다른 하나는 바깥 담쟁이에 참새가 끝없이 짹짹거리는 날이었다. 어두운 저녁에 그는 엉뚱한 방향으로 전환했다. 집에 도착하지 않고 집에서 몇 마일 떨어진 한 이정표에 자신이 위치함을 알게 되었다. 그는 길을 잃었다는 혼란에 빠졌다. 이런 감정은 어린아이로서 느꼈던 심정과 같았다.

하지만 이전 전까지 그는 삶이 아무리 어렵더라도, 그 문제점이란 것이 항상 분명했지만, 지금의 문제점은 남의 애매한 관심사가 갑자기 문제점으로 대두되었다.

이전에는 메어리 카튼이 그에게 따뜻한 우정 이상의 더 강력한 감정이었다는 점을 그는 생각하지 못했다.

그는 다시 무의식적으로 다음과 같이 말하기 시작했다. "미스 리랜드는 우리 가까이에 어머니와 함께 살아요. 비록 그녀가 사업가들 사이에 늘 자랐지만, 교육은 잘 받았으며, 말이 잘 통해요."

엄청난 인내심으로 미스 카튼은 평정심을 되찾았다.

"축하드려요. 당신이 늘 행복하길 바랍니다. 여기에 회사 업무 차 오셨다고 생각합니다. 회사 일로 여전히 이 읍과 연고를 가질 것이라고 생각합니다."

"난 단지 결혼을 당신에게 알리려고 여기에 왔어요."

"편지로 이 사실을 알리는 일이 더 낫다고 생각하지 않으세요?"라고 벽난로 옆에서 찬장의 어린이용 찻잔을 치우면서 그녀는 말했다.

고개를 숙이면서, "편지로 알리는 것이 더 좋았을 텐데"라고 셔먼은 대답했다.

말없이 문을 잠그고 그들은 밖으로 나갔다. 아무 말 없이 잿빛 거리를 걸었다. 이따금씩 그들이 지나갈 때 한 여성과 한 아이가 절을 했다. 오래된 친구들이 아무 말이 없는 걸 보고 아마 어떤 이들은 의아해했다. 사제관에서 그들은 각자에게 작별인사를 했다.

"항상 행복하시길 바랄게요. 당신과 부인을 위해 기도드릴게요. 나는 아이들과 노인과 함께 지내느라 매우 바쁘지만, 당신이 잘 되길 기원하는 시간을 항상 낼 거예요. 이제 헤어져요"라고 그녀는 말했다.

그들은 헤어졌다. 그녀는 벽 문을 뒤로 닫았다. 담장 위로 드리워진 나무와 숲 꼭대기 위와 좀 떨어진 너머의 집을 보면서 잠시 동안 셔먼은 머물렀다. 그는 내 삶과 그녀의 삶이 걸린, 즉 자신의 문제점을 서서 곰곰이 생각했다. 어쨌든 그의 삶은 사건과 변화를 겪을 것이다. 그녀의 삶도 지금까지 형성해온 영속적인 희망을 이룩하지 못하면서―오래된 지구상에서 가장 슬픈 사람 – 판에 박힌 일에 몰두하려고 애쓰는 편협한 마음을 지닌 한 존재, 한 여성으로 전락할 것이다.

이번 일로 그는 메어리 카튼을, 그녀는 그를 사랑했다는 사실이 드러냈다. 마가렛 리랜드를 회상하면서 질투도 잘 한다고 그는 불평했다. 이후에 읍과 주민에 대한 리랜드의 경멸적인 모든 언사들이 셔먼의 마음에 떠올랐다. 일단은 이런 말들은 그에게 어떤 감동을 주지는 못했지만, 그 언사들이 그의 사고방식에 안 맞는 것처럼 생각도 일치하지 않았다. 개인의 정체성은 지금 갑작스럽게 드러난 뜻밖의 말에 방해받으면 나타나듯이 그 언사는 그에게 압력으로 작용하기 시작했다. 메어리도 거친 말이 끼친 여파에 동의할 것이라고 셔먼은 생각했다. 이번 일로 시간이 많이 흐르고 나면, 거듭된 단순한 체념의 피로감으로 메어리 카튼은 아주 압박을 받을 것이다. 마치 노인들이나 잠자는 이들의 울적함이 암운(暗雲)처럼 가슴을 가득 메우듯이 메어리가 단지 그렇게 되는 것은 아닐까?

그는 슬픈 심정으로 호텔을 향했다. 자신에 관한 모든 것, 즉 도로, 하늘, 발걸음들이 유령처럼 아무 의미가 없는 것 같았다.

셔먼은 아침 첫 기차로 떠날 거라고 웨이터에게 말했다. "뭐라고요! 방금 집에서 오시지 않았습니까?"라고 웨이터는 물었다. 그는 커피를 주문해놓고는 마시지 않았다. 셔먼은 나갔다가는 이내 곧 다시 돌아왔다. 부엌으로 가서 웨이터들에게 말했다. 그들은 그가 나간 이후에 일어난 모든 일을 자세히 얘기했다. 그는 별 관심이 없어 방으로 올라갔다. "나는 집으로 가서 사람들이 나에게 기대하는 것을 해야 합니다. 행동에 신중해야 합니다."

집으로 오는 길 내내 이 문제로 그는 괴로웠다. 셔먼은 메어리 카튼이라는 인물은 일련의 단조로운 임무를 영원토록 감내하는 걸로 알았다. 모르는 사람들 사이에서 자신의 인생은 끝없이 피곤하게 계속 진행되는 걸로 그는 알았다.

홀리헤드[26]에서 런던으로 가는 길에 동행한 사람들은 숙녀 한 분과 세 명의 어린 딸들이었다. 맏이는 열 두 살가량이었다. 구김살 없이 잘 자란 아이들 얼굴은 그에게 불길한 상징이었다. 그는 이런 구김살 없는 얼굴들을 싫어했다. 그것들은 그를 막 흡수해버릴 냉담한 세상을 상징했으며, 굴뚝 구석자리에서 스스로 만든 피난처에서 조금씩 자신을 질질 끌고 가는 모호한 무엇을 상징했다. 그는 한 개인의 정체성이 흔들리는 때와 한 개인의 과거와 현재가 제휴하여 막 해체되는 것처럼 보이는 가장 위험한 순간에 처해 있었다. 그는 기억에서 피난처를 찾았으며 그가 기억할 수 있는 메어리의 모든 말을 헤아려보았다. 그는 현재와 미래를 송두리째 잊어버렸다. "사랑 없이는 우리는 귀신들 아니면 채소 같은 식물이 될 것이다"라고 그는 자신에게 말했다.

비가 마차 창문을 세차게 때렸다. 그는 마음의 소리에 귀 기울이기 시작했다. 모든 생각과 기억은 백지상태가 되었다. 그의 마음은 빗방울 소리로 가득했다.

---

26) '홀리헤드'는 영국 서해안의 작은 섬으로, 더블린에서 오는 승객을 받는 주요 항구이다(『W. B. 예이츠:『존 셔먼』과 『도야』』리처드 피너란 편집 98).

제4부

목사 윌리엄 하워드

제1장

런던으로 되돌아온 후 셔먼은 집과 사무실만 오가면서 한동안 자신에 몰두했다. 침울한 심정에 사로잡힌 셔먼은 본인의 문제, 즉 메어리와 자신의 인생에 얽힌 문제를 곰곰이 생각하지 않으려고 자신에게만 몰두했다. "사람들이 내게 기대하는 것을 나는 행해야 한다. 나는 이번 일과 화해하지 못하고 있다. 내가 선택할 시간은 끝났다"라고 그는 자신에게 자주 되뇌었다. 어떤 길로 향했을지라도 자신과 남에게 못된 짓을 많이 했을 것이라고 그는 생각했다. 그의 성격에 비추어 모든 결정을 갑작스럽게 하기는 어려웠다. 그래서 그는 평소에 즐겨하던 습관을 고수했다. 더욱이 다른 일은 그에게 일어나지 않았다. 파혼과 사람들이 쑥덕공론을 하도록 결코 내버려둘 생각은 없었다. 그는 일련의 축하할 일로 이러지도 저러지도 못하는 신세가 되었다.

일주일이 한 달처럼 아주 천천히 지나갔다. 승객용 마차와 사륜마차의 바퀴가 그의 마음을 관통하여 구르는 것 같았다. 그는 발라 읍에 있는 정원의 끝자락에서 유유히 흐르는 강을 가끔 상기했다. 거기는 잡초가 바람에 얼마나 많이 흔들렸으며, 연어가 얼마나 뛰놀았던가! 주말에는 그렇게 여러 날 그녀를 소홀히 한다고 불평하는 미스 리랜드의 짧은 편지가 왔다. 곧 방문할 것을 약속하면서 다소 격식을 갖춘 답장을 그는 보냈다. 설상가상으로 매서운 동풍이 일어나면서 그는 계속해서 추위에 떨었다.

어느 날 셔먼과 그의 모친은 한 사람은 뜨개질하고 다른 이는 반쯤 잠이든 채 말없이 앉아 있었다. 그는 편지를 쓰다가 지금은 회상에 젖어 있었다. 벽 이곳저곳에는 수업 중에 그가 그렸던 그림 한 두 점이 걸려 있었다. 어머니께서 액자를 맞추었다. 그의 두 눈은 시냇가와 깜짝 놀랄 만한 암소들 그림에 꽂혔다.

며칠 전에는 그는 잊고 지내던 신문더미 속에서 어린이용 스케치북을 찾았다. 스케치북을 통해서 그의 몸을 기준으로 세 개의 타원형을 만들어 말 그리는 법을 배웠다. 원 하나가 가운데에 놓여 있고, 원 두 개는 양 끝에 소의 옆구리와 가슴을 드러낸 채 서 있었다. 정사각형 위에 소의 몸을 기초로 하여 암소 그리는 법을 배웠다. 그는 정사각형을 암소에 맞추려고 계속 애썼다. 사각형에서 암소를 꺼내어, 새로운 원리를 다시 적용하고픈 마음이 살짝 내키었다. 이후에 그가 처음 고향을 떠나기로 결심한 날에 개에게 돌을 던졌던 얼굴이 부은 아이를 어쨌든 기억했다. 그 이후에 다른 이미지가 떠올랐다. 그의 당면한 문제는 지리멸렬하게 그 앞에서 어른거렸다. 그는 차츰 잠에 빠졌다. 잠결에 어머니의 뜨개바늘질의 째각하는 소리가 들려왔다. 어머니는 런던의 일부 아이들은 뜨개질을 하는 걸 알게 되었다. 주체적으로 의식의 깨어남과 꿈 사이의 경계지역에 그는 위치했다. 이런 경계지대는 예술이 양육되고 영감이 잉태되는 곳이다.

뭔가 미끄러지면서 살랑살랑하는 소리에 그는 깜짝 놀랐다. 벽난로 선반 한 끝에서 마분지가 떨어지고, 바람이 홱 불어 벽난로 아래의 먼지가 원형을 이루는 걸 보려고 셔먼은 위를 쳐다봤다.

"오, 이것은 임시로 대체할 사진이다. 그는 늘 사진이 더 잘 나오는 편이다. 사진들이 온 집안에 널려 있다. 노인인 나는 내 전신이 찍힌 사진 한 장 없는데. 부젓가락으로 초상화를 끄집어내어라"라고 셔먼의 모친은 말하셨다. 어머니는 처음으로 이름을 알게 된 윌리엄 하워드 목사에 관하여 말하셨다. 재를 막대기로 휘젓다가 셔먼은 뒤쪽으로 떨어져서 먼지가 좀 낀 사진을 끄집어냈다. "이 사진은 이삼 개월 전에 목사가 보낸 초상화이다. 그 이후로 사진은 편지통 상자 시렁에 있었다"라고 셔먼의 어머니는 계속 말을 이어갔다.

"그는 평소처럼 아주 말쑥한 외모는 아니네요"라고 셔먼은 옷소매로 사진의 먼지를 닦으면서 말했다.

"머지않아 그는 교구를 상실했다는 소문을 나는 들었다. 그는 매우 구식 사고방식의 소유자였다. 최근에는 세례 받지 못하고 죽은 아이들이 길을 잃었다는 걸 증명하려고 그는 설교했다. 그는 이 문제에 오랫동안 골몰했으며 설교는 그런 주제로 넘쳐났다. 목사는 익숙하겠지만 성 아우구스티누스의 신학에 친숙하지 않은 어머니들은 그에게 반감을 가졌다. 다른 이유도 많았다. 어느 누가 기상천외한 그 집안에 참을 수 있겠는가, 나는 의아해한다"라고 셔먼 어머니는 말했다.

시골에서 자란 많은 이들이 흔히 그러하듯이, 어머니가 알고 있는 세상은 개인보다는 차라리 가문으로 나누어졌다.

어머니가 말하시는 동안에 의자로 되돌아온 셔먼은 테이블에 기대어 황급히 편지를 쓰기 시작했다. "어머니, 제가 그에게 편지를 이제 막 썼습니다"라고 말에 끼어들자, 어머니는 공공연하게 나무랐다.

　　"내 친애하는 하워드에게:"
　　"이번 가을에 와서 우리와 함께 지내지 않으려나? 지금 당장은 자네
는 어떤 구속도 받지 않는 상태라는 걸 들었네. 아시다시피 나는 결혼하
려고 약혼한 상태이네. 오랫동안 기다린 약혼이네. 자네는 내 약혼녀를
마음에 들어 할 거야. 자네와 내 약혼녀는 아주 멋진 친구가 될 것을 나
는 희망하네."

"늘 기대를 저버리지 않는,
존 셔먼."

　　"너는 나를 오히려 놀라게 하네"라고 셔먼 어머니는 말했다.
　　"저는 그가 아주 마음에 듭니다. 어머니께선 항상 하워드 집안에 안
좋은 편견을 갖고 계십니다. 저를 용서하십시오. 하지만 저는 그가 이곳
으로 올 것을 진정으로 원합니다"라고 그는 대답했다.
　　"어머니께서 그가 괜찮으시다면, 저는 아무 반대도 안 할 생각입니다."
　　"저는 그를 정말 좋아합니다. 그리고 그는 매우 명석하고 박학다식합
니다. 저는 그가 결혼하지 않을 거란 생각에 의심이 듭니다. 그는 인간미
가 있다고 어머니께서는 인정하셔야 하기에, 그는 좋은 남편감이 되지 못
할 거라고 어머니께선 생각하시죠?"라고 셔먼은 말했다.
　　"확고한 원칙과 확신 없이, 사람들이 모든 이를 동정하는 일은 어려운
일이 아니지."
　　생각이 거의 없는 남녀는 고통 없이 벅찬 일관성을 쉽게 이루었기에,
원칙과 확신은 어머니에게는 허울 좋은 이름뿐이었다.

"어머니께서 그를 더 만나보시면, 그를 종전보다 더 좋아하실 거라고 저는 확신합니다"라고 아들이 말했다.

"저 사진은 아주 잘못 나왔어"라고 셔먼 여사는 말했다.

"아닙니다. 사진에는 잿더미이외엔 아무것도 없었습니다."

"재가 더 적게 묻은 사진이었다면 쓸 만한 것일 텐데 참 안타깝습니다."

이런 후에 두 사람 간에 침묵이 흘렀다. 어머니는 뜨개질하시고, 아들은 개울 가장자리에서 암소들이 연한 잎을 먹으려고 사각형의 우리에 몸을 적응하는 모습을 눈여겨보았다. 하지만 지금 그의 입가에 미소가 번졌다.

셔먼 여사는 좀 근심스러운 표정이었다. 여사는 아들의 어떤 방문객도 반대하지 않지만, 윌리엄 하워드 목사를 즐겁게 해주려고 어떤 식으로도 자신을 혹사시키지는 않으려고 단단히 마음먹었다. 여사도 당혹스러웠다. 여사는 이런 갑작스러운 초대를 이해하지 못했다. 이들 모자(母子)는 수 주 동안 그 문제를 논의했다.

제2장

다음 날 셔먼의 동료들은 그가 기분이 분명히 호전되었음을 알아챘다. 이상한 순간에 불쑥 날아든 종달새마냥 그는 쾌활하고 활기찼다. 저녁이 되자 셔먼은 런던으로 되돌아온 후 처음으로 미스 리랜드를 찾아갔다. 셔먼의 너무 형식적인 답장에 미스 리랜드는 그에게 불평을 늘어놓았다. 하지만 충직함을 지키려고 그가 되돌아온 사실을 알고는 그녀는 진심으로 기뻤다. 드물지만 그는 때론 일시적으로 기분이 들떠서 장황하게 수다를 떠는 경향이 있었다. 오늘 저녁에 그가 그랬다. 그들이 함께 한 마지막 연극, 마지막 파티, 그해의 영화, 모든 것을 서먼은 번갈아가면서 잠깐 떠올렸다. 그녀는 흐뭇했다. 그녀가 받은 교육은 결코 헛되지 않았다. 그녀에게 내재된 속물근성이 되살아나면서 수다에 적응하고 있었다. 이런 일이 그녀를 아주 들뜨게 했다.

"내가 매우 재미있는 이와 약혼한 것은 결코 아니다"라고 그녀는 생각했다.

떠나려고 일어서면서, 서먼은 다음과 같이 말했다. "며칠 후에 나를 방문하러 오는 친구가 있어요. 당신들은 기쁜 마음으로 서로를 만족시킬 거예요. 그는 아주 중세적 신앙의 소유자이에요."

"그에 관해 제발 말 좀 해줘봐요. 나는 중세적 신앙을 띠는 모든 것을 아주 좋아하거든요."

"그의 중세적 신앙은 당신과는 아니에요. 그는 명랑한 음유 시인도 아니고 사악한 기사도 아니야. 그는 고(古) 교회파 보좌 목사예요."

"그에 대해서 더 이상 말하지 말아요. 나는 그에게 예의바르게 처신할게요. 하지만 나는 목사들을 좋아한 적은 없었어요. 여러 해 동안 나는 불가지론자이고, 당신은 정통파 신자라고 나는 생각해요"라고 그녀는 말했다.

서먼이 집으로 가는 길에 동료 한 사람을 만나서, 그를 세워서 "혹시 당신은 불가지론자이에요?"

"아니야. 왜, 그것이 뭔데요?"

"아무것도 아니에요! 잘 가세요"라고 서먼은 답하면서, 서둘러 갈 길을 갔다.

제3장

윌리엄 하워드 목사가 운명의 부침에서 위기에 봉착한 바로 그 순간에 편지가 서먼에게 당도했다. 짧은 인생역정에서 목사는 많은 교구를 상실했다. 그는 자신을 순교자로 여기지만, 그를 못마땅하게 여기는 이들은 그를 멋만 잔뜩 부리는 성직자로 폄훼(貶毁)했다. 하워드 목사는 이상한 의견에 홀리는 버릇이 있었다. ─교구민들에게는 적어도 그렇게 보이는 것 같았다─아주 놀랍게도 이런 생각이 지속되는 동안에 이상한 의견을 설교하는 버릇도 있었다. 세례 받지 못한 아이들에 관한 설교는 하나의 예에 지나지 않았다. 그가 이런 기이한 의견을 진실이라고 생각하기보다는 하루 동안에 이런 의견이 그를 사로잡았다는 것이었다. 설교는 그의 생각이라기보다는 그를 유혹했던 의견에 그의 관련 정도를 나타냈다. 이런 사고방식이 교구민들에게 가장 이상하고 위험한 수단으로 비추어지는 걸 그는 아주 즐겼다. 재단에 촛불을 놓고 예상하지 못한 장소에서 그는 십자가를 그었다. 그는 복잡한 고 교회파의 복장을 매우 즐겨 입었으며, 사자(死者)를 위한 고해성사와 연도를 권면한 것으로 알려졌다.

시간이 흐르면서 교구민의 분노는 점증할 것이다. 교구민들은 교구 사제, 여자 세탁부, 노동자, 의사, 교사, 제화업자, 정육점 주인, 여자 재봉사, 지방 언론인, 사냥개 주인, 여인숙 주인, 수의사, 치안판사, 진흙 파이

만드는 아이들 등등이었다. 모든 교구민의 마음은 저 무시무시한 두려움의 존재-로마 가톨릭교의 관습에 대한 두려움으로 가득 찼을 것이다. 그의 고운 심성을 칭송하던 젊은 여신자를 즉 작은 모임의 충실한 신자들에게 위안을 얻으려고 그는 지금도 날아가듯 달려가고 싶은 심정일 것이다. 또 그들의 상상 속에 그가 태피스트리로 덮인 벽 앞에 영원할 정도로 서 있고, 부자연스럽고 예스런 태도로 십자가를 잡고 있는 것을 젊은 신자들은 지켜보곤 했을 것이다. 마침내 교구민들이 흔쾌히 거들떠보지도 않는 태도에 공감하고, 먹고 자는 이들에게 불리하고, 강력한 개혁적인 생각을 이끄는 선구자들에게 일반인들이 부여하는 경건한 찬양을 그는 스스로 공감했을 것이다. 유능한 개혁자인 그는 모든 생각에는 지나치리만큼 완벽함과 고립감을 줄 정도로 매우 유능했다. 그의 지성은 공명판 없이도 울리는 악기 같았다. 그는 치밀하고 명석하게 생각할 수 있으며 더욱이 독창적이지만 생각 자체가 더 깊은 걸 암시할 정도는 아니었다. 시란 본질적으로 예상치 못한 비밀스러운 접촉에서 나오는 것이라, 이런 점에서 그는 시와는 정반대되는 성향의 사람이었다.

그의 이런 마음의 형성은 남과 경쟁하는 모든 태도를 쓸데없는 것으로 이끄는데 일조를 했으며, 그 밖의 많은 교구 중에서 마지막 교구를 상실하는데도 일조했다. "세인들은 이런 견고하고 분명한 생각을 구체적으로 드러내려고 하지 않았던가요? 마치 뼈·나무 조각을 갖고 놀이하는 이들처럼 그는 자신의 생각에 도취되어 이런 생각을 갖고 놀지 않았던가요? 또 그는 많은 사고방식을 모두 다 혐오하신 이는 아니시지 않았던가요?"

이런 방식으로 바로 이 순간에 셔먼의 편지가 하워드 목사에게 당도하는 일이 일어났다. 이제 새로운 교구민들과 친해지면서, 그는 새로운 한 친구를 사랑했다. 런던 방문은 많은 것을 의미했다. 대체적으로 우정의 초기 측면에서 보면 그는 성공한 사람이란 걸 알게 되었다.

하워드 목사는 이내 앙증맞은 아름다운 필체로 수락편지를 보낸 직후에 곧바로 도착했다. 그의 편지를 받아들자 서먼은 말끔하고 반짝이는 부츠, 회중시계의 쇠줄과 잘 솔질된 모자에 붙어 있는 작은 메달을 흘긋 보았으며, 마치 내적인 의문에 해답인 것처럼 고개를 끄덕였다. 서먼은 검은 옷, 윤기 있는 머리, 흐르는 물처럼 표정이 풍부한 얼굴에 좀 우아한 미소를 지으며 찬성하는 태도를 보였다.

대여섯 날 동안 서먼 가족들은 손님을 거의 만나지 않았다. 하워드 목사는 어디서나 친구를 적으로, 지인을 친구로 변화시키는 능력의 소유자였다. 방문하고 또 방문하면서 여러 나날이 지나갔다. 그 후로 둘러볼 극장과 교회, 새로 구입할 옷가지도 있었다. 그는 여성처럼 그런 문제에 노심초사(勞心焦思)했다. 마침내 그는 마음의 안정을 찾았다.

그는 흡연실에서 아침나절을 보냈다. 벽에 종교화를 걸려고 서먼에게 휴가를 낼 것을 요청했다. 그는 종교화 없이는 마음이 놓이지 않았다. 벽난로 선반 위 파이프 걸이 아래에 흑단 십자가상을 걸려고 했다. 방 한구석에는 쌀쌀한 날을 대비한 무릎용 담요를 깔끔하게 개어 뒀으며, 테이블 위에는 애장서(愛藏書)를 적게나마 비치했다. 이것은 그의 호기심 넘치고 꼼꼼한 성격이 반영된 수집품이었다. 소장한 초상화에는 추기경 뉴먼[27]과 소설가 보겟,[28] 성인 크리소스톰[29] 대주교와 소설가 플로베르[30]의 초상

---

27) '존 헨리 뉴먼'(1801~1890)은 영국의 성직자이자 작가이다.

28) '폴 보겟'(1852~1935)은 프랑스 소설가이다.

29) '요한 크리소스톰'(349년경~407년)은 초기 기독교의 교부이자 제37대 콘스탄티노폴리스

화가 완벽한 우정을 과시하듯 함께 걸렸다.

아침 일찍이 방문한 셔먼은 그를 리랜드 가족에게 소개했다. 그는 성공한 사람이었다. 마가렛, 셔먼, 하워드 세 사람은 광장에서 테니스를 쳤다. 하워드는 테니스를 아주 잘 쳤으며, 마가렛을 마음에 들어 하는 것 같았다. 집으로 돌아오는 길에 셔먼은 혼자 한두 번 웃었다. 이는 마치 한 배의 병아리를 품고 있는 암탉의 흥분 같았다. 사람들에 의하면 마가렛이 대단한 부자라는 소문을 셔먼은 하워드에게 말했다.

이후 하워드는 테니스를 칠 때 셔먼과 마가렛에 합류했다. 보통 이상의 노력을 요하는 크리소스톰에 관한 미완성의 논문 때문에 따분하고 적적한 마음이 들 때면, 하워드는 마가렛이 지금 혼자 있는지 아니면 한두 명의 지인들과 있는지 알아보려고 친구 셔먼이 도착하기 전에 광장으로 산책하곤 했다. 셔먼에게는 좀 흔한 일은 아니지만 일에 대한 압박감 때문에 그는 평소보다 30분 늦게 읍내에 도착했다. 저녁나절에는 그들은 자주 마가렛을 화제로 삼았다. 셔먼은 마가렛이 마치 과거에 어떤 사람인지를 묘사하는 조바심에 시달리듯 솔직하고 세밀하게 그녀를 설명했다. "그녀는 일종의 종교적인 사명감을 지니고 있다"고 그는 한번은 살짝 한숨지

대주교였다. 뛰어난 설교자였던 그는 중요한 신학자 가운데 한 사람이었고 끊임없이 기독교 교리에 대해 설전을 펼쳤다. 동로마 황제 아르카디우스와 그의 아내 아일리아 에우독시아에 의해 박해를 받고, 유배를 당해 유배지에서 죽었다. 그의 죽음 이후 '황금의 입을 가진'이라는 뜻의 그리스어인 크리소스토무스(Χρυσόστομος)라는 별칭이 붙었다. 로마 가톨릭교회와 동방정교회, 성공회 모두 그를 성인으로 추대하였으며, 축일은 각각 9월 13일과 11월 13일이다. 대한성공회에서 사용하는 ≪성공회 기도서≫의 저녁기도에도 성 크리소스톰의 기도가 포함되어 있다.

30) '귀스타브 플로베르'(1821~1880)는 프랑스 소설가이다.

으며 말했다.

때론 그들은 체스를 함께 두었다. ─체스는 셔먼이 최근에 몰입한 게임이며, 다른 어떤 것보다 체스에 스스로 빠져 있다는 걸 잘 알고 있었다.

하워드는 호기심 어린 일을 이제 알아채기 시작했다. 셔먼은 점점 더 추레한 차림이지만 동시에 기분은 점점 더 유쾌했다. 반면에 하워드는 자신이 초라한 차림일 때 기분도 즐겁지 않았다. 모자가 낡아 보이면 고결하고 똑똑한 인상이 들지 않아서, 그는 이런 상황에 어리둥절했다. 셔먼이 하워드에게 말을 걸 때조차도, 셔먼은 본인에게 온통 몰두하는 것을 하워드는 알아챘다. 오래 전 발라에서 처음 하워드가 셔먼을 알게 되었을 때에도 같은 현상을 가끔 눈치 챘다. 하워드는 일종의 남을 의심하고 지나치게 조심하는 버릇 탓으로, 잘 어울리지 않는 장소에 살았던 이에게는 자연스러운 일로 돌렸다. 하지만 이런 현상이 지금 더 지속되는 것 같았다. "그는 많은 시련을 겪지 않은, 어설픈 농사꾼이었다. 또 세상 사람들을 상대하면서 느낀 소회를 아주 솔직하게 그는 잘 드러내지 못한다"라고 하워드는 생각했다.

이 모든 것이 진행되는 동안 셔먼의 마음은 여러 생각으로 계속 고심 중이었다. 발라는 그에게 뭔가를 끊임없이 연상시켜주었다. 발라의 북쪽 산에서 바다로 뻗은 낭떠러지에 위치한 구름이 갈라져 밀려오는 파도로 세차게 달려와 떨어지면서 암시하듯이, 칩사이드[31] 위로 비를 몰고 오는 구름의 잿빛 코너가 아득한 암시를 했다. 거리의 한 코너는 발라 어시장의 한 모퉁이를 셔먼에게 상기시켰다. 밤에는 도로를 수리하려고 구획된

---

31) '칩사이드'는 런던 시내의 한 구역 이름이다.

토지를 표시해주던 랜턴 불빛이 그에게 발라의 피터 레인 골목길 코너에서 장날에 잠간 들르곤 하던 땜장이 짐수레를 생각나게 했다. 스트랜드 거리[32])에 쏟아져 나오는 군중 때문에 늦게 도착한 서먼은 근처 분수에서 내뿜는 희미한 물방울 소리를 들었다. 작은 워터젯[33])은 내뿜는 물은 뾰쪽한 끝에 나무 공을 균형 잡아 돌리는 가게 창문에서 분수소리처럼 들려왔다. 그 소리는 발라에 있는 '바람의 문'이라는 '게이트 오브 더 윈즈' 속으로 들어가 큰 소리를 내면서 솟아오르는 폭포를 연상시켰다. 그 이름은 오래된 게일어 이름이었다. 이런 저런 추억에 잠겨 방황하던 발걸음은 지속적으로 아래위로 오르내렸다. 그러는 사이에 메어리 카튼의 얼굴이 환영처럼 어른거렸다. 일요일 아침에─집에서 이삼백 야드 떨어진─템즈 강 제방까지 산책하면서 온종일 꿈꾸듯 서먼은 이런 분위기에 휩싸였다. 그리고 고리버들[34])로 덮힌 치즈윅[35])에 위치한 호수 가운데의 작은 섬을 바라보았다. 이런 광경은 서먼에게 오래 전의 꿈을 상기시켜주었다. 집 정원을 지나서 흐르는 강의 시원(始原)은 어린 시절 흑딸기를 따 모으려고 자주 간곤 하던 숲으로 경계를 이루던 섬의 호수이었다. 더 먼 수원지에는 '이니스프리'라 불리는 자그마한 섬이 있었다. 여러 관목으로 둘러싸인 바위섬 한 가운데는 약 40피트 높이로 솟아 있었다. 인생을 살면서 마주한 여러 고난이 실수를 저지른 한 젊은이에게 더 나이든 이의 교훈처럼

---

32) '스트랜드 거리'는 런던의 거리 이름이다.
33) '워터젯'은 고압의 물 분사기이다.
34) '고리버들'은 버드나뭇과의 낙엽 관목. 높이는 1~3미터이며, 3월에 꽃이삭이 원주 모양으로 피고 열매는 삭과(蒴果)로 4~5월에 익는다. 가지는 껍질을 벗겨 버들고리나 키 따위를 만든다. 들이나 냇가에 산다.
35) '치즈윅'은 런던 근처에 위치한 미들섹스의 자치 도시이다.

가끔 비칠 때, 작은 섬으로 가는 걸 꿈꾸는 일은 멋진 것 같았다. 그곳에서 나무로 엮은 오두막 짓고, 몇 년을 소진시키듯 보내면서, 이리저리 노젓고, 고기 잡으면서, 낮에는 산비탈에 누워 있는 것도 멋있는 것 같았다. 또 밤에는 호수의 잔물결 철썩대는 소리에 귀 기울이고, 이름 모를 짐승들로 항상 가득 찬 숲의 떨림을 듣는 걸 꿈꾸는 것도 좋은 것 같았다. 새 발자국이 선명하게 드러난 섬의 가장자리를 보려고 아침나절에 집을 나서는 꿈을 꾸는 것도 흐뭇했다.

셔먼에겐 이런 풍경이 너무나 생생하여 하워드, 마가렛, 심지어 그의 어머니까지도─주위 세상 사람들이 멀어지는 것처럼 보이기 시작했다. 그는 세인들의 생각과 느낌을 거의 인식하지 못하는 것 같았다. 그가 현기증 날 정도로 센 불빛이 희망과 추억이라는 모호하고 굴절된 곳에서 흘러나왔다. 하워드의 발걸음을 비틀거리게 한 줄기 불빛은 언제나 인생 그 자체라는 아주 눈부신 빛이었다.

제4장

6월 20일 저녁에 블라인드를 내리고 가스 불을 켠 셔먼은 오른손을 왼손에 기댄 채 흡연실에서 체스를 두고 있었다. 하워드는 리랜드 가족에게 보낼 편지를 갖고 외출했다. "내가 자네에게 전할 말이 있어? 자네는 참으로 게으르잖아. 자네의 고통을 내가 덜어 줄 거예요"라고 그는 자주 말하곤 했다. 그에게 전할 말은 항상 있었다. 셔먼의 교양을 향상시키려고 빌려둔 책들 중에서 한 권씩 한 권씩을 집으로 보냈다.

"이봐요, 내가 자네를 좀 지켜봤는데. 자넨 사람 모양의 붉은 말들에게 아주 비열하게 속이고 있어요. 자넨 붉은 말들에게 실수를 조장해서 사람 모양의 흰 말들이 이길 수 있게 강요하고 있어요. 일련의 몇몇 게임은 사람의 심성을 해칠 거예요"라는 하워드의 목소리가 현관에서 들렸다.

서먼에게 너무 과하지 않는 비판의 눈길을 보내면서, 하워드는 침착하고 총명한 눈길로 현관에 기대고 있었다. 아주 세심하게 기울인 서먼의 의복과 전반적인 태도는 다음과 같이 말하는 것 같았다. "나를 봐요. 이 체스 열광자와 세인들을 내가 완벽하게 연결시키고 있지 않나요?" 오늘밤 그는 들뜬 상태인 것 같았다. 하워드는 리랜드 가족을 계속 언급했다. 기분 좋게 말하면서, 그는 우리에게 많은 걸 생각하게 하는 그런 고상함을 느꼈다.

"내 사랑하는 서먼, 체스게임을 제발 그만 두게나"라고 그는 계속 권면했다. "체스게임은 자네에게 아주 좋지 않아요. 왼손에 오른손을 기댄 채 살아 있는 사람치고 체스게임을 아주 공평하게 둘만큼 정직한 이는 없어요. 사람들은 너무 갑작스럽게 부정직해지면서 심지어 자신들을 기만하지요. 사람들이 체스를 정직하게 두지 못하는 것은 우리가 온전하게 우리 스스로 생각하지 못하는 거와 같은 경우이지요. 자네는 나와 두는 편이 훨씬 좋을 거예요."

"나도 매우 잘 두는 편이지만, 자넨 나를 이길 거예요. 난 연습으로 많이 안 두었거든요"라고 하워드가 말했다.

그들은 졸개들을 다시 놓고 체스를 두기 시작했다. 서먼은 비숍36)과

---

36) '비숍'은 서양 체스에서 주교 모자 모양의 장기 말을 말한다.

여왕에 주로 의존했다. 반면에 하워드는 나이트[37]들을 가장 선호했다. 애초에 셔먼은 공격적이었지만, 많은 졸개 말들이 앞으로 나아가는 게임을 계획한 성격적 야망 때문에 계속 실수하면서 거의 모든 졸개들이 죽자, 왕은 코너에 몰리자 절망하여 마침내 그는 포기해야만 했다. 하워드는 어느 말도 그를 피하게 내버려두지는 않는 것 같았다. 게임이 끝나자 등 뒤 의자에 기댔다. 시가를 말아 만들면서 "자넨 잘 못 두네"라고 하워드는 말했다. 이번 게임에서 자질구레한 여러 기술로 자신의 능수능란함을 느끼게 된 그는 흡족했다. 그는 들뜬 채 그에게 특이하게 내재된 오만함이 발동하여 무례하게 말을 이어갔다. "자넨 이런 잡기에 전혀 능하지 못하구먼. 저 잘난 발라에서 자넨 정말 엉성하게 자랐으며 허접하게 교육을 받았네. 그곳 사람들은 삶의 기예(技藝)를 심지어 최소한으로도 이해하지 못하지. 그네들은 정보만 신봉하지. 말이 났으니 말이지만, 이 거창한 세상을 살아야 하는 사람들은 침착성, 적응력, 옷을 잘 입는 법, 심지어 테니스를 우아하게 치는 법을 연습하면 곧 서툴지 않을 것이야. 또 개인적 성취만을 귀하게 여기는 사람들은 효과적으로 그림이나 글을 쓰는 법을 연습하면 곧 서툴지 않을 것이야. 백과사전의 내용을 다 외우는 것보다 매력적인 몸짓으로 시가를 피우는 것이 더 낫다는 걸 사람들은 알고 있지요. 나는 세인의 한 사람일뿐만 아니라 한 종교인으로 이점을 강조하네. 무덤에서 일어난 자만이 자신에게 내재된 자질을 본인의 것으로 유일하게 취할 것이다. 이런 사람은 돈과 높은 지위에 못지않은 자신이 지금 당장 소유한 지식과 정보를 유산으로 남길 것이네. 지식과 정보는 본인의 집,

---

37) '나이트'는 서양 체스에서 기사 복장의 장기 말을 말한다.

옷가지, 신체와 더불어 유산으로 남을 것이네. 우표 수집이 별 도움이 안 되듯이, 사실의 수집도 사람에게 별 도움이 안 되어요. 배운 사람들은 플루트 연주자나 심지어 시가를 우아하게 피우는 사람처럼 쉽사리 천국에 가지 못 할 것이네. 현재 자네는 학구적이지는 않지만 과거에 교육을 받은 것처럼 호되게 교육 받았네. 이 처량한 도시에서 러시아는 북쪽으로는 북극해에, 서쪽으로는 발트 해에 경계를 접하고, 빈은 다뉴브 강에 위치하고, 윌리엄 3세[38]는 1688년에 왕위에 오르게 되었다는 사실을 교육을 통해서 알아야 한다고 사람들은 자네에게 말하네. 사람들은 자네에게 개인적 기예는 전혀 가르쳐주지 않았지. 심지어 체스를 두는 일은 사리판단을 하는 데 도움이 될 것이야."

"실은 내가 자네보다 체스를 더 못 두는 건 아니지. 내가 자네보다 단지 좀 더 경솔한 편이지."

셔먼의 목소리에는 분함이 좀 서렸다. 하워드가 이걸 눈치 채고, 미모의 젊은 여성이 취하는 거만한 태도에서 그에게 때로 매우 진정한 매력을 주곤 하던 겸손한 태도로 바꾸면서 다음과 같이 말했다. "자네들 셔먼 가족은 우리 하워드 가족보다 마음의 심지가 깊은 사람들, 그것도 훨씬 깊은 사람들이라는 점에서 참 안타까운 일이네. 우리는 나방이나 나비 혹은 오히려 급히 흐르는 개울 같다면, 자네와 자네 가문의 사람들은 짐승

---

38) 영국의 '윌리엄 3세'(1652~1702)는 오라녜 공 겸 나사우 백작, 브레다 남작(689~1702), 네덜란드 공화국 통령(1672~1702), 잉글랜드 왕국·스코틀랜드 왕국·아일랜드 왕국의 국왕(1689~1702)이다. 스코틀랜드 국왕으로서는 윌리엄 2세이다. 빌리 왕이라는 별칭도 있다. 의회가 주도한 반정의 명예혁명으로 아내인 메리 2세와 함께 영국의 공동 통치자가 되었다.

들이 목을 축이러 오는 숲속의 깊은 연못 같은 존재이네. 아니! 더 좋은 비유가 있지. 자네와 내 마음은 두 개의 화살과 같아서 자네 화살은 빠르게 날아가는데 필요한 깃털이 없고, 내 화살은 뾰족한 화살대 끝에 쇠붙이가 없는 경우네. 올바른 처신을 하려면, 어느 화살이 가장 필요한지 난 모르겠어. 우리가 어디에서 땅을 탐사하여 지하자원을 발견할지는 모르는 일이지. 세상 사람들은 지난날의 기회를 다 보내고, 모든 화살을 모아서 하나의 화살 통을 만드는 미래의 어느 날에는 이번 일은 잘 한 것으로 보일 거라고 나는 생각하네.

담뱃불이 꺼지자 성냥을 찾으러 그는 벽난로 선반으로 갔다. 블라인드의 한 모서리를 들어서 서먼은 방금 온 소나기로 빛나는 지붕을 바라봤다. 이런 멋진 밤에 그는 사제관 난로 옆에 메어리 카튼과 함께 앉아 말없이 빗소리를 듣거나 마을 아이들의 미래와 교육 얘기를 나누었다면 어떠했을까하는 생각에 잠겼다.

"지난번 파리에서 산 새 옷을 입은 미스 리랜드를 최근에 봤어요?"라고 급히 몸을 움직이면서 하워드는 다음과 같이 말했다. "옷의 색상이 매우 화려해서 성녀 체칠리아[39])처럼 그녀를 좀 창백하게 보이게 하고, 목에

---

39) '체칠리아'는 본디 로마 제국의 명문 귀족의 딸이었지만 종교에 귀의하여 평생 동정으로 살았다. 아버지는 그 사실을 모르고 그녀를 발레리아노라는 청년에게 시집보냈는데, 첫날 밤에 남편에게 '전 평생을 동정으로 살기로 결심한 몸입니다'라고 고백한 뒤 남편과 남편 친구에 남편 동생까지 모조리 개종시키는 데 성공하였다. 후에 잡혀 목욕탕에서 쪘어 죽이는 형벌을 언도받고 24시간 동안 감금시킨 뒤 문을 열었으나 놀랍게도 죽지 않아 목을 쳤는데, 한 번에 치지 못하고 여러 번을 친 나머지 오랜 시간에 걸쳐 천천히 숨을 거두었다. 이때가 서기 230년 경. 그녀의 시체는 카타콤에 매장되었는데, 821년 교황 파스칼 1세가 이장을 위해 무덤을 열었을 때 시체가 전혀 썩지 않고 보존되어 있었다고 전한다.

는 은 십자가를 한 채 피아노 옆에 선 그녀는 아주 멋져 보이게 했어. 우린 자네 얘기를 했지. 그녀는 내게 하소연을 하더라. 자네의 말투가 좀 조잡한 면이 있다고 그녀는 말하더라. 말투가 남을 좀 경시하는 것 같고 때론－용서 하게나－심지어 예의범절을 무시하는 것 같다고. 자네는 사소한 얘기는 아주 하지 않잖아. 대단한 영혼의 소유자이자 신심이 두터운 자질의 아름다운 아가씨에게 맞추려고 애쓰고 가치를 인정해야 하네. 자넨 향상될 기미가 없다고 아주 슬프게도 그녀는 내게 말했네."

"아니네. 나는 앞으로 나아가지 않고, 게처럼 옆으로 기어가려고 현재 노력중이야"라고 서먼은 말했다.

"신중하게나. 그녀는 아주 애잔하고 애절한 목소리로 이런 상황을 내게 하소연했네. 나의 광범위한 종교적인 체험으로 그녀는 여러 문제에 걸쳐서 나를 자신의 막역한 친구로 여기네. 자넨 개선되어야 하네. 그림 같은 것을 그려야 하네"라고 하워드가 말했다.

"글쎄, 나는 그림 같은 걸 그릴 거야."

"서먼, 나는 아주 진지해. 성녀 체칠리아처럼 온순한 영혼의 소유자인 그녀의 존재를 인정하려고 애써야해."

"그녀는 대단한 부자지. 그녀가 내가 아니고 자네와 약혼을 한다면, 자네는 주교로 생을 마감하길 바랄거야."

하워드는 그를 신비한 듯 바라면서 대화는 중단되었다. 곧 하워드는 일어나 방으로 갔으며, 체스 판을 재정리하는 서먼은 다시 체스를 두기 시작했다. 체스를 두는 사이에 점점 더 긴 공상이 찾아들었다. 때론 붉은 말, 때론 흰 말에게 유리하게 속이면서 오전 늦게까지 그는 체스를 두었다.

제5장

다음 날 오후에 하워드는 박제(剝製)된 작은 앵무새와 장인 드 모건이 만든 푸른 항아리 사이에 있는 화실의 후미진 곳에서 독서하는 미스 리랜드를 봤다. 그는 모습을 보이면서 그녀의 얼굴이 너무 수수해서 순간적으로 그는 충격을 받았다. 그런 후 그를 보자 그녀가 즉시 인생의 황홀한 불빛에 싸여서 사라지는 것 같았다. 앉은 자리에서 난폭하게 책을 휙 던지면서 그녀는 똑바로 섰다.

"전 『예수님 모방하기』를 읽고 있었어요. 신지학자나 사회주의자가 되어야할 것 같은 감을 난 느꼈어요. 아니면 가톨릭 신자가 되어야 할 것 같아요. 당신을 다시 만나니 얼마나 기쁜지요. 나의 때 묻지 않은 점이 어떻게 보여요? 내가 그를 개선시키려고 애쓰고 도와주는 당신은 대단히 착하시네요."

그들은 서먼 얘기를 계속하면서, 하워드는 그의 결점에 대해 최선을 다하여 그녀를 위로했다. 시간이 흐르면 그녀의 버릇없는 행동은 확실히 완화될 것이다. 여러 번 커다란 검은 눈길로 그녀는 그를 응시했다. 오늘 그녀의 눈동자는 평소보다 더 커 보였다. 그 눈길 때문에 그는 현기증을 느꼈으며 의자의 손잡이를 꽉 잡아야만 했다. 그런 연후에 그녀는 어린 시절-그가 전혀 모르고 어떻게든 이르게 된 주제-이후의 인생역정을 얘기하기 시작했다. 기분이 너무 들떠 위험한 정도로 자신감을 보였다. 사랑하는 일만큼 살아갈 가치가 있는 것은 없지만 사람들은 너무 천박해요. 그녀는 자신만큼 깊은 심성을 가진 자도 지금껏 찾지 못했다. 그녀는 자주 사랑에 안 빠진 척 했지만, 어떤 마음의 소유자도 그녀의 참된 모습으로 되돌아오게 울리진 못했다. 그녀는 말하면서 얼굴은 흥분으로 떨렸다. 삶에 배인 고양된 불꽃이 그녀에게서 나와서 방에 있는 다른 물건으로 퍼지는 것 같았다. 하워드 눈에는 밝은 항아리, 박제된 새, 플러시 천으로 만든 커튼이 세상에 존재하지 않는 빛으로 타오르기 시작하는 것처럼 보였다. 신비주의자 블레이크가 『실낙원』의 에덴[40]의 동산에 묘사된 비늘무늬의 뱀을 상상한 이상야릇하고 혼돈된 색채처럼 이것들은 그에게 희미하게 빛나기 시작했다. 이 빛은 점차적으로 그의 과거와 미래를 흐릿하게 하면서, 그의 굳건한 결의를 약하게 하는 것 같았다. 이것은 모든 인간이 찾고 있는 그 자체는 아니지만 다른 모든 이들은 그 빛을 얻으려고 존재하는 것은 아닌가?

그는 몸을 앞으로 기울여 소심하게 미심쩍어하면서 그녀의 손을 잡았다. 그녀는 그의 손을 빼지 않았다. 그는 더 가까이 기울여 그녀의 이마에다 키스했다. 그녀는 기뻐서 외쳤다. 그의 목덜미에 팔을 감싸고는 "아, 당신과 나, 우린 서로를 위해서 태어난 천생연분이에요. 난 서먼이 싫어요. 그는 자기 본위의 사람이지요. 그는 짐승 같은 사람이에요. 그는 이기적이고 어리석지요." 안고 있던 한쪽 팔을 풀면서 그녀는 손으로 의자를 치면서 들떠 다음과 같이 말했다. "서먼은 얼마나 화기 치밀까! 하지만 이런 상황은 그가 정당하게 받아야할 대가지요! 얼마나 그는 옷을 못 입는

---

40) 영국의 시인이자 화가인 윌리엄 블레이크(1757~1827)는 존 밀턴의 『실낙원』의 내용을 삽화로 그린 2세트의 그림과 대 여섯의 갖가지 특징을 지닌 그림을 완성했다. 예이츠는 『윌리엄 블레이크의 전집』을 준비하면서 린넬의 소장품에 접근할 수 있었기 때문에, 본문에서의 인유는 아마도 그런 특정한 동관화를 언급하는 것이다(『W. B. 예이츠: 『존 서먼』과 『도야』』 리처드 피너란 편집 99).

지? 그는 뭐가 뭔지 모르는 사람이지요. 하지만, 당신은, 당신은, 당신을 보자마자 나의 천생연분이라는 점을 나는 알았지요."

그날 저녁에 하워드는 텅 빈 흡연실에서 의자 쪽으로 갑자기 팔을 내뻗었다. 그는 시가에 불을 붙이자 꺼졌고, 또 다시 불을 붙이자 다시 꺼졌다. "나는 배신자야. 저 착하고 어리석은 이, 셔먼이여, 절대로 질투하지 마시라! 하지만 내가 이 상황을 어찌 피할 수 있겠는가? 뿐만 아니라 품위와 감정 면에서 너무 세련된 그녀를 한 남자로부터 구제하는 일이 굳이 나쁜 행동일 수 없을 것이다"라고 그는 스스로 위로했다. 그는 자신을 멋진 유머로 달래고 있었다. 그는 일어나 벽난로 선반 위에 걸려 있는 라파엘의 『마돈나』를 보러 갔다. "마돈나의 큰 두 눈은 마가렛의 큰 두 눈과 얼마나 흡사한지!"

제6장

사무실에서 집으로 온 다음 날 셔먼은 흡연실 테이블에 놓인 봉투를 보았다. 그 편지는 휴가로 멀리 떠났다는 하워드의 편지였다. 내용은 셔먼이 그의 배신행위를 용서해주길 바라면서, 미스 리랜드를 어쩔 수 없이 사랑하게 되었고, 그녀는 사랑하는 이에게로 되돌아갔다는 것이다.

셔먼은 아래층으로 내려갔다. 그의 어머니는 하녀가 식탁을 세팅하는 걸 도와주고 있었다.

"어머니는 무슨 일이 일어났는지 도저히 짐작하지 못할 것입니다. 마가렛과의 나의 사랑은 끝났습니다"라고 그는 말했다.

"존아, 나는 굳이 안타까운 척 할 수가 없네"라고 셔먼의 어머니는 말하셨다. 셔먼의 어머니는 미스 리랜드를 지붕의 굴뚝 접시처럼 수용할 수 있는 여러 물건의 하나쯤으로 오래전부터 생각했다. 사람들이 흔히 그러하듯이, 변경 불가한 사실에는 받아들이지만 어떤 식으로도 그녀를 칭찬하거나 호감을 드러내지는 않았다. "걔는 흥분제 발라돈나풀의 즙을 눈에다 바르고, 심술이 심한 여자이자 바람기가 있는 여자이지. 모든 이들은 그녀의 돈만을 온통 입에 올린다고 나는 감히 말하네. 그렇지만 이런 일이 어떻게 일어났단 말인가?"

하지만 아들은 너무나 들떠서 어머니의 말씀을 알아들을 수가 없었다. 그는 이층으로 올라가서 다음과 같이 짧은 편지를 썼다.

"내 친애하는 마가렛:"
"새로운 멋진 사랑의 정복자를 만난데 대하여 진심으로 축하드려요. 당신의 승리는 끝이 없네요. 나는 당신의 행복을 위하여 나의 진심을 담아 경의를 표해요. 그럼 내내 건강하시길 바랍니다,

그대의 친구,
존 셔먼."

이 편지를 벽에 붙이고 그는 하워드의 짧은 편지를 앞에 펼쳐놓은 채 앉았다. 그는 자신이 다소 생각이 정연하지 못한 점은 없는지, 자신의 비열함이나 옹졸함은 없는지 그는 생각에 잠겼다. 그 스스로 생각이 다소 정리되지 않았다. 군건한 우정은 서로가 경멸당한 경험을 바탕으로 상당히 만들어진다고 그는 전에 자주 생각했지만 세상 사람들과의 상냥하게 잘 지내면서도 생긴다고 즉시 그는 생각을 덧붙였다. "그는 나보다 훨씬

더 똑똑하지요. 그는 수업 중에는 아주 성실했음에 틀림없어요."

일주일이 지나갔다. 그는 런던의 생활을 끝마치기로 결심했다. 발라로 되돌아갈 결심을 어머니에게 털어놓았다. 어머니께서는 아주 기뻐하시면서 곧 짐을 싸기 시작했다. 오래된 집은 일종의 버려진 에덴동산[41]처럼 어머니에게 비췄으며, 이것을 갖고 현재와 대조를 이루는데 익숙했다. 시간에 알맞게 현재가 과거 속으로 자라면서, 현재가 보답으로 다시 에덴동산이 되었다. 옛 것으로 되돌아가는 형태의 변화가 어머니에게 온다면, 어머니는 언제든지 기분 전환할 준비가 되어 있었다. 어떤 이들은 미래에 이상을 두지만, 어머니는 과거에 이상을 걸었다.

이런 순식간의 결심에 정작 놀라워하는 유일한 이는 늙고 귀가 먹은 바로 하인이었다. 하인은 초조함이 더했지만 기다렸다. 그녀는 어찌할 바를 모르는 기쁨의 표정으로 의자 구석 위에서 양모를 모으는 일을 시간제로 일하면서 앉아 있곤 했다. 출발시간이 점점 가까워지자, 하인은 갈라진 목소리로 계속 노래 불렀다.

떠나기 이삼일 전에 하워드와 미스 리랜드가 갈색 종이로 된 꾸러미를 각자 들고 가는 것을 서먼이 놀랍게도 사무실 마지막 퇴근길에서 보았다. 지나가라는 의미로 상냥하게 그는 고개를 끄덕이면서 인사했다.

"존, 윌리엄이 내게 준 브로치―달을 배경으로 기댄 사다리와 사다리를 기어 올라가는 나비 브로치―좀 봐 주세요. 이거 아름답지 않은가요? 우린 가난한 이를 방문할 예정입니다"라고 미스 리랜드는 말했다.

---

41) '에덴동산'은 성서에서 불복종으로 에덴동산에서 추방될 때까지 살았던 동산을 말한다(『W. B. 예이츠: 『존 서먼』과 『도야』』 리처드 피너란 편집 99).

"뱀장어를 잡으러 갈 예정이며, 나는 조만간 이 시내를 떠날 것이다"
라고 그는 말했다.

　그는 기다릴 시간이 없어 서둘러야 한다고 변명했다. 그녀는 더 마음
에 맞는 이를 위해서 사랑하는 연인을 바꾼 어떤 이에게 좀 이상한 슬픈
눈길로 그에게 관심을 기울였다.

　"가엾은 친구여, 그는 마음이 갈기갈기 찢어졌다"라고 하워드는 나직
이 말했다.

　"말도 안 되는 소리"라고 다소 퉁명스럽게 미스 리랜드는 답했다.

제5부

존 셔먼이 발라로 되돌아오다

제1장

귀향길에 오른 SS. 라비니아호는 소 떼를 싣지는 않았지만 승객들은 많았다. 바다는 평온하고 곧 항구에 도착할 상황이어서 많은 승객들이 갑판에 그룹을 지어서 어슬렁거렸다. 두 소장수가 담배를 비우면서, 선미 난간 위를 기대고 있었다. 외관상으로는 그들은 돈 내기를 하는 사람들 아니면 상용 여행객 같은 차림이었다. 여러 해 동안 그들은 증기기선과 기차에서 잠을 청하곤 했다. 그들과 좀 떨어진 거리에 폐병으로 기침하는 한 직원이 이리저리 걷고 있었으며, 어린 아이는 그의 손을 잡고 있었다. 접안을 미루던 배로 그는 곧 상륙할 것이다. 틸링 해안[42]의 맑은 천연공기로 그는 기운을 차릴 것이라는 희망을 가졌다. 완벽한 건강의 상징인 발그레한 뺨을 지닌 어린 여아는 이상할 정도로 다른 이들과 대조를 이루었다. 좀 더 앞에는 붉은 얼굴에 불안한 걸음걸이의 한 남성이 승무원들 중 한 사람과 이야기를 나누는 중이었다. 한창 때가 좀 지난, 배 멀미를 매우 두려

---

42) '틸링'은 도네걸만의 북쪽, 도네겔 카운티의 서쪽 해안에 있는 작은 어항(漁港)이다.

위하는 여가정교사가 동료들 칸에 머물렀다. 그녀는 짐을 가져와 도착에 맞추어 자신 주위에 쌓았다. 셔먼은 멀리 바다를 볼 수 있는 케이블 더미 위에 앉았다. 이제 막 정오가 되었고, SS. 라비니아호는 토리와 라스를 지나 도네갈 절벽43)에 접근 중이었다. 이들 항구는 옅은 안개로 덮여서, 안개 때문에 평소보다 훨씬 방대하지만 희미하게 어른거렸다. 서쪽으로는 해가 더 할 수 없이 푸른 바다 위에 빛났다. 갈매기는 안개에서 나와 햇빛 속으로 돌진했다가 다시 햇빛에서 안개 속으로 돌진했다. 북양가마우지는 계속해서 서쪽으로 향하고, 돌고래는 햇볕을 받아 반짝이는 지느러미와 등을 이따금씩 보여주었다. 셔먼은 여러 날 누렸던 행복보다 더 완벽한 행복을 만끽하면서 더욱 긍정적으로 생각했다. 모든 자연은 성령의 이행으로 충만한 것 같았다. 만물은 각자 신의 섭리를 완성한다. 희생당하는 새에게도 평화가 있듯이, 그것이 선이든 악이든 악에도 평화는 있는 법이다. 셔먼은 바다를 보다가 배로 시선을 돌리자 서글픈 생각이 들었다. 이런 생각에 이르자마자, 바다를 따라 서서히 걷고 있는 수많은 슬픔에 젖어 남루한 옷을 입은 이들이 이리저리 움직이는 걸 보았다. 그는 바다를 바라보다가 자신에게로 생각을 돌리자, 두 눈에 눈물이 홍건히 고였다. 자신과 어슬렁거리는 이들을 생각하니 희망과 추억이 불꽃처럼 날아갔다.

자신의 현 상황을 잘 알고 있기에 다시 두 눈은 기쁨으로 넘쳤다. 그

---

43) '도네갈 절벽'은 아일랜드 해안 북동쪽 앤트림 카운티의 해안에서 멀리 떨어져 있는 라쓸린 섬이다. 이곳은 또 리버풀에서 슬라이고까지 항해 시에 지나갈 때 처음 거론되는 아일랜드 해안들 중 첫 번째 해안이다. 라쓸린에서 서쪽으로 약 70마일 떨어진 토리섬은 아일랜드 북서쪽에 있는 도네겔 카운티의 해안에 멀리 떨어진 바다에 있다. 이 항해의 일반적인 경향은 토리에서 50마일 정도에 있는 틸런까지 남쪽으로 더 나아가서, 거기서부터 도네겔만을 가로질러 슬라이고까지 20마일 이상을 더 나아가는 항해가 될 것이다.

는 사랑하는 이와 옛날처럼 살고 싶은 것이다. 그가 바라는 하나님의 섭리가 이행되는 날에 살고 싶은 것이다. 한 손에는 성인이, 다른 한 손에는 동물의 시간이 흐르는 이 순간에 사는 것처럼, 그는 이런 진리를 확신했다. 저쪽에서는 지난날들이 그를 과거로 데리고 갔다. 이것은 그가 여러 날 갈고 닦은 하나의 낱알이었다. 하나의 낱알을 갈고 닦는 일은 일생을 바쳐도 충분하고도 남을 일이다.

제2장

며칠 후에 셔먼은 발라 읍내를 서둘러 지나가고 있었다. 일요일이었으며, 그는 시골시장 상인들 사이를 통과하고 있었다. 한 노파는 케이크와 구스베리, 지팡이 모양의 긴 설탕 막대기 바구니를 들고 있었다. 아이들은 설탕 막대기를 '페기의 다리'라고 불렀다. 2개월 전처럼 지금도 그는 간혹 사람들이 알아보고 인사를 받는다. 예전처럼 무작정 걸으면서 흥청망청할 마음이 전혀 아니어서 자신도 모르는 슬픔이 두 눈에 가득했다. 두 눈은 동물이나 몽상가의 눈에서 우리가 볼 수 있는 그런 표정이었다. 모든 것은 단순해 보였으며, 직면한 문제로 그는 온통 사로잡혔다. 메어리 카튼에게 무슨 말을 할지 그는 고심에 고심을 거듭했다. 지금쯤 그들은 결혼해서 푸른 대문과 풀로 지붕을 새롭게 이은 아담한 집에 살면서 울타리 아래에는 한 줄의 벌통을 치면서 살 것인데. 바로 그런 집이 텅 빈 채 어디에 있는지 그는 잘 알고 있었다. 바로 전날 임페리얼 호텔의 주인과 함께 그와 그의 어머니는 집 문제를 논의했다. 그들로부터 이삼 마일 떨어진 곳에 지은 집을 제외하고는, 이웃의 모든 집안에 일어나는 시시콜콜한 일을 그들은 다 꿰고 있었다. 온종일 셔먼과 그의 모친은 몇몇 빈 집의 장점을 검토했다. 아들이 왜 이렇게 비현실적이 되었는지 그의 모친은 의아해했다. 한 때 아들이 그렇게 쉽게 즐겨했던 것 즉 한 줄의 벌통과 새로 엮은 지붕이 그의 모친에게는 문제점을 해결해 주지는 못했다. 그의 모친은 이런 상황을 미스 리랜드, 연극, 노래, 벨라돈나풀 탓으로 돌렸다. 수 백 마일의 저 불안한 바닷길이 발라 읍과 이런 일들 사이에 어떻게 놓이게 되었는지 모친은 흐뭇한 심정으로 회상했다.

시골시장 상인들, 구스베리를 파는 사람들, '꿰기의 다리'를 파는 상인들, 후미진 구석에서 대리석 놀이를 하는 사내아이들 사이를 걸을 때, 플란넬[44] 소재의 소매가 달린 양복을 입고 이륜마차를 모는 남자들, 토탄을 실은 바구니와 큰 우유 통을 실은 당나귀를 모는 여인들 사이를 그는 걸어갔다. 이들 사이를 걸으면서 한 줄의 벌통과 새로 이은 지붕 이외의 어떤 것이 아들의 심정을 이렇게 계속 급하게 달리게 했는지 그의 어머니는 알 길이 없었다. 지금 막 셔먼의 모친은 다리에 위치한 미스 피터스의 상점이나 미시즈 맥콜로 상점에서 뜨개질 할 양모를 구입하곤 했던 시절을 기억하려고 애썼다. 한두 가게에서는 실타래를 반값으로 싸게 팔았다. 그녀는 아들의 마음속에 무엇이 계속 작동하는지 몰랐다. 항상 프라이할 생선을 준비해놓았다. 동정심을 잘 나타내지 않는 사람들은 복이 있을 것이다. 우리 같은 불쌍한 대부분 인간들은 우리를 채울 조개류를 헛되이 찾아 헤매다가 그 시간을 증발시키면서 이 땅을 방황하지만, 동정심을 잘

---

44) '플란넬'은 무명, 면 소재이다,

나타내지 않는 사람들은 강철 같은 병속에서 자신의 인격을 보존하기 때문이다.

셔먼은 사제관으로 이르는 언덕을 오르기 시작했다. 그는 흐뭇했다. 그는 충만한 기분으로 달렸다. 곧 언덕이 가파르게 되자 걷기 시작했다. 메어리 카튼에 대한 자신의 사랑을 곰곰이 생각했다. 이런 사랑의 불빛에 힘입어서, 그에게 일어나는 모든 일은 지금 분명했다. 그는 서로 간에 일치함의 중요성을 깨달았다. 그의 어린 시절은 그가 이런 유의 사랑을 예비하게 해주었다. 그는 늘 외로웠으며, 들녘의 한 구석자리를 아주 즐겨 찾았으며, 혼자 이리저리 거닐기 좋아했으며, 새나 나뭇잎처럼 인간이 아닌 것처럼 그의 마음은 공허했다. 메어리와의 첫 만남을 얼마나 생생하게 그는 기억하는가. 두 사람은 그 때는 어린아이였다. 학교 교외소풍에서는 불꽃 풍선이 하늘로 올라가는 것을 두 사람은 지켜봤으며, 들판 위로 풍선을 따라 함께 갔다. 함께 자라고 같은 책을 읽고 같은 생각을 하면서 그들은 아주 막역한 친구가 되었다.

대문에 이르러 커다란 쇠로 된 종(鐘) 손잡이를 잡아당기자, 그의 마음 속에 다시 솟아오르는 불꽃 풍선은 격려의 박수와 웃음으로 둘러싸였다.

제3장

미스 카튼을 보러 가기 전에 그는 여종이 잠시 동안 얘기를 계속하도록 했다. 연로하신 목사님은 점점 더 많은 일을 못하게 되실 거라고 그녀는 그에게 말했다. 노년이 갑작스럽게 나이 든 목사님에게 들이닥쳤다. 그분은 벽난로 근처에서 좀처럼 자리를 움직이지 않았으며, 점점 더 멍한 상태로 이행되고 있었다. 한번은 최근에 그분은 우산을 독서용 책상 안으로 들고 왔으며, 점점 더 모든 일을 그의 자녀들 즉 메어리 카튼과 그녀의 여동생들에게 맡겼다.

여종이 가버리자, 서먼은 다소 우울한 채 방을 둘러보았다. 창문에는 페인트가 칠해진 새장에 카나리아가 걸려 있었다. 바깥에는 창문과 사제관 벽 사이에 좁다란 그늘진 땅뙈기가 있었다. 월계수와 서양호랑나무가 시가 창문을 상당히 가렸다. 방 한 가운데 테이블 위에는 금박 표지가 입혀진 전도용 책들이 놓여있었다. 벽난로 선반 위 거울 부근에는 여러 목사들이 행한 설교집이 거울과 금박 사이에 밀어 넣어져 고정되어 있었다. 작은 사이드 테이블 위에는 구리로 된 나팔관 보청기가 있었다.

모든 것이 서먼에게 얼마나 낯익어 보였던가! 단지 방이 3년 전보다 더 작아 보였을 뿐이다. 나팔관 보청기가 얹힌 테이블 가까이 안락의자 앞 난로 한 쪽에는 양탄자가 닳아서 막 올이 드러난 헝겊 조각이 보였다.

서로에 대한 꿈의 궁전을 지으면서, 이 방에서 메어리 카튼과 겨울 난롯가 옆에서 극적으로 앉았던 추억을 서먼은 얼마나 회상했던가. 그는 너무나 생각에 잠겨 그녀가 들어와 그의 옆에 서는 것도 알아채지 못했다.

"존, 이렇게 빨리 댁을 뵙게 되어 기쁨이 아주 큽니다. 런던에서 잘 지내고 있죠?"라고 그녀는 마침내 입을 열었다.

"저는 런던을 떠났어요."

"그러면, 결혼은 하셨어요. 부인을 저한테 소개해주셔야지요."

"저는 미스 리랜드와 결혼을 결코 하지 않을 것입니다."

"뭐라고 하셨어요?"

"그녀는 다른 사람인 나의 친구 윌리엄 하워드를 더 좋아했어요. 메어리, 당신에게 뭔가 긴히 드릴 말씀이 있어 여기에 제가 직접 온 것입니다." 그는 카튼에게로 가서 가까이 서서 그녀의 손을 다정하게 잡았다. "저는 항상 당신을 좋아해 왔어요. 런던에 있을 때 자주 또 다른 종류의 인생을 생각하려고 애쓸 때, 이 난롯가와 그 옆에 당신이 앉아 있는 모습을 그려보곤 했으며, 거기에서 우리는 앉아 미래를 이야기하곤 했지요. 그는 그녀의 손을 두 손으로 잡고는 "메어리, 메어리, 당신은 나의 아내가 되어 줄거지요?"

"존, 당신은 나를 사랑하지 않잖아요. 의무라고 생각하고 당신은 내게 온 거잖아요. 저는 일생동안 꼭 해야만 하는 의무만 해왔습니다"라고 내밀었던 팔을 빼면서 그녀는 대답했다.

"제발 저의 말을 한 번 들어주십시오. 저는 아주 불쌍합니다. 저는 하워드를 저와 함께 머물자고 초대를 했습니다. 어느 날 아침에 마가렛이 그를 영접했다는 쪽지를 흡연실 테이블 위에서 보았습니다. 저는 당신에게 청혼하려고 여기에 왔습니다. 저는 당신 이외에 다른 이를 좋아한 적이 없습니다"라고 그는 말했다.

청혼을 말로 먼저하고 다음 행동으로 실행되길 갈망하듯이, 서둘러 말한 자신을 그는 알게 되었다. 지금 그는 미스 리랜드의 문제를 잘못 처리했던 것처럼 보였다. 이전에 그는 이것에 관하여 생각해 본적이 없었다. 그의 마음은 항상 다른 일로 바빴다. 메어리 카튼은 그를 의아하게 바라보았다.

"존, 하워드가 미스 리랜드와 사랑하게, 의도적으로 당신은 함께 있도록 요청했나요? 아니면 파혼할 구실을 주려고 고의로 머물자고 했나요?

그는 모든 이들과 시시덕거렸다는 걸 우리는 잘 알잖아요"라고 그녀는 마침내 말했다.

"마가렛은 그를 매우 좋아하는 것 같아요. 그들은 서로에게 천생연분이라고 나는 생각해요"라고 그는 말했다.

"당신은 고의로 그를 런던에 오도록 했나요?"

"글쎄요. 당신에게 말씀드릴게요. 저는 아주 비참한 상황입니다. 저는 내가 잘 알지도 못하면서 부지불식간에 약혼에 빠져버렸어요. 마가렛의 옷은 이루 말할 수 없이 화려하고 화려했지만, 그녀는 나의 타입은 아니었습니다. 내 생각에 바보처럼 돈 많은 어떤 자와 내가 결혼하는구나하는 생각이 들었다. 이내 당신 이외 어느 누구도 사랑하지 않았다는 사실을 저는 알게 되었습니다. 항상 당신과 이 읍을 나는 생각하게 되었다. 그 후 사람들은 하워드는 대리 목사직을 잃었고 그를 도와줄 것을 요청했다고 했다. 나는 이들만 내버려두고 마가렛 근처에도 가지 않았다. 그들은 서로에게 천생연분이었음을 나는 깨닫게 되었다. 우리는 그들에 관해서 더 이상 말하지 맙시다"라고 그는 격하게 연이어 말했다. "우리는 미래를 얘기해요. 나는 농장을 마련하여 농부가 될 것입니다. 내가 삼촌의 사무실을 무단으로 떠났기에, 삼촌이 돌아가시면 나에게 아무런 유산도 물려주지 않으실 거라고 감히 말씀드려요. 삼촌은 나를 일을 잘 처리하지 못하는 사람으로 알 것이며, 내가 인생을 헛되이 낭비할 것이라고 말씀하실 거예요. 하지만 그대와 나―우리는 결혼할거잖아요? 우린 행복할 거예요"라고 그는 애원하듯이 말했다. "당신은 예전과 같이 자선단체의 일을 할 것이며, 나는 농장 일로 바쁠 거예요. 우린 울타리를 쌓고 세상과 거리를 두면서, 그 안에서 우리는 안락하게 살 거예요."

"잠깐 기다리세요. 답을 드릴 거예요"라고 그녀는 말하면서 옆방으로 가서 대여섯 개의 편지 보따리를 가져왔다. 편지들을 테이블 위에 놓았다. 개중에는 새 하얗고 아주 새 것인 보따리도, 개중에는 세월이 흘러서 빛이 약간 바랜 노란 보따리도 있었다.

"존, 여기 당신이 아주 어린 소년시절부터 나에게 보낸 모든 편지들이 다 있어요"라고 그녀는 창백한 기색으로 말했다. 벽난로 선반에서 커다란 촛불을 가져와서는 불을 켜고 난로 위에 놓았다. 서먼은 그것으로 그녀가 무엇을 할 것인가 궁금했다. "당신에게 말씀드릴게요"라고 그녀는 계속 말을 이어갔다. "무엇이 말없는 무덤으로 데려온 것이지 저는 생각했습니다. 저는 오랫동안 당신을 사랑해왔습니다. 당신이 내게 와서 다른 이와 결혼할 예정이라고 말했을 때, 남자의 사랑은 바람과 같아서 저는 당신을 용서했어요. 하나님이 당신들 두 분을 축복해주시길 저는 기도했어요." 그녀는 촛불 위를 굽어보면서 안색은 착잡한 감정으로 창백하고 일그러졌다. "그런 연후에 이 모든 편지는 매우 신성해졌다. 우리는 결코 결혼하지 않을 것이기에, 이 모든 편지는 모든 이와 모든 것과 분리되어 외로이 떨어져 신성한 그 무엇인 내 삶의 한 부분이 되었어요. 나는 편지를 읽고 또 읽었으며, 날짜 순서에 따라 정리해서 실로 묶어 두었습니다. 지금 저와 당신ー우리는 더 이상 서로에게 해줄 것이 없습니다."

그녀는 이 편지 다발을 불길 속으로 던져 넣었다. 그는 자리에서 벌떡 일어났다. 그녀는 절박하게 그를 저리가라는 몸짓을 했다. 그는 아주 당황스럽게 그 불길을 바라보았다. 편지는 난로에서 작은 불쏘시개가 되었다. 모든 것은 마치 악몽 같았다. 견고한 손가락들이 촛불 속에서 편지 하나 하나를 잡고 있는 걸 지켜봤으며, 촛불이 우주적 존재처럼 회색의 대낮에 열정처럼 불타는 걸 지켜보았다. 문 틈새의 외풍으로 방안에 있는 재가 날리는 가운데, 그 목소리는 다음과 같이 들렸다.

"당신은 한 돈 많은 여성과 결혼하려고 애썼어요. 당신은 그녀를 사랑하지는 않았지만 그녀가 부자란 사실은 알고 있었어요. 많은 물건에 싫증나듯이 당신은 그녀에게 싫증이 났어요. 그리고 아주 그릇되게 아주 야비하게 반역적으로 그녀에게 처신했어요. 당신이 그 여성에게 마침내 버림받자, 당신은 한가한 이 조그마한 읍내에 있는 나에게 다시 왔어요. 우리 모두는 당신에게 대단한 희망을 걸었지요. 당신은 착하고 정직해 보였어요."

"저는 당신을 처음부터 사랑했어요"라고 그는 울부짖었다. "당신이 나와 결혼해주면, 우린 매우 행복할 것입니다. 저는 처음부터 당신을 사랑했어요"라고 대 여섯 번 이상을 무력하게 스스로도 어떻게 할 수 없듯이 이 말을 되풀이했다. 앵무새가 그의 어깨 위에 씨앗을 뿌렸다. 외투의 깃에서 하나의 씨앗을 주워서 무의식적으로 손바닥에 놓고 그는 곰곰이 생각했다. "저는 처음부터 당신을 사랑했어요."

"당신은 자신에게 부여된 의무를 행하지 않았어요. 당신은 본인이 고수해야할 모든 것에 싫증을 냈어요. 지금 당신은 이곳에 한가하고 책임을 묻지 않는 이 작은 읍내로 도피해 온 것입니다."

마지막 편지가 난로에 재가 된 채 놓였다. 그녀는 촛불을 불어서 끄고 벽난로 선반 위의 사진 사이에 촛대를 다시 놓고는 대리석처럼 아주 조용하게 섰다.

"존, 우리의 우정은 끝났어요, 우정은 촛불에 불타버렸어요."

그는 곧 흠칫했으며, 그의 심정은 반은 절망으로 숨이 막힌 채 호소로 가득 차 횡설수설했다. "그녀는 하워드와 행복할 것입니다. 그들은 천생연분이에요. 저는 치명적인 실수했어요. 저는 부자와 결혼할 것이라고 늘 생각했어요. 저는 당신 이외엔 어느 누구도 결코 사랑하지 않았어요. 첫눈에 당신을 내가 사랑한다는 사실을 나는 몰랐어요. 나는 당신에 관해서 항상 생각했어요. 당신은 나의 삶의 뿌리입니다."

복도 저 끝 문 밖에서 발자국 소리가 들렸다. 메어리 카튼은 문으로 가서 들었다. 발자국 소리는 방향을 바꾼 듯 점점 더 가까웠다. 서먼은 아주 자제했다. 문이 드디어 열렸고, 키 크고 호리한 여학생 열두 명이 방안으로 들어왔다. 정원 부식토에서 나는 강한 냄새가 아이들이 가져온 바구니에서 풍겼다. 서먼은 3년 전에 이 교실에서 그날 저녁에 그에게 홍차 한 잔을 준 아이를 알아보았다.

"여러분은 당근 사이에 난 잡초 제거작업을 끝마쳤지요?"라고 메어리 카튼은 물었다.

"예, 선생님"

"그리고 공구실 옆에 있는 배나무 아래의 작은 채마밭의 잡초도 없애야 합니다. 아가야, 아직 가지 말아요. 이 분은 미스터 서먼이시다. 좀 앉아요."

아이는 두 눈에 겁먹은 표정으로 의자 한구석에 앉았다. 갑자기 다음과 같이 말했다.

"오, 저 불타버린 많은 종이는 무엇이에요!"

"그래, 내가 오래 간직해온 편지를 태웠단다."

"제가 지금 떠날까 생각합니다"라고 존은 말했다. 특별한 작별인사 한마디 없이 암중모색하듯이 그는 나가버렸다.

그가 가장 애지중지하는 것 중에서 최고의 사람을 잃어버린 것이었다. 두 번에 걸쳐 그는 고난의 불길을 겪었다. 첫 번째는 세상에 대한 야망이, 두 번째는 사랑이 그를 고난의 불길에 휩싸이게 했다. 한 시간 전에는 대기는 기쁨이 가득 찬 노래와 평화로 넘쳐났다. 지금은 그는 그의 에덴이었던 메어리 카튼 앞에서 불타는 칼을 찬 천사가 서 있는 것을 보았다. 그가 지금까지 간직했던 모든 희망은 사라졌으며, 발가벗은 영혼은 무서움에 벌벌 떨었다.

제4장

발끝 아래 도로는 모래투성이의 메마른 느낌이었다. 그는 급히 읍내로부터 멀리 떠났다. 시간은 늦은 오후였다. 나무들은 길을 가로질러 긴 그림자를 드리웠다. 그는 쫓기듯이 급히 걸었다. 읍내의 서쪽 약 1마일 부근에 도로와 경계를 짓고 황량한 가옥을 둘러싸고 있는 큰 나무 숲으로 갔다. 한때 이 지방의 부자가 거기에 살았으며, 지금 이 집은 뒷방 두 개에 살았던 관리인에게 넘어갔다. 인부들은 숲속의 한 두 곳에서 나무를 절단하고 있었다. 많은 곳은 풀 한 포기 없었다. 뚜껑이 덮인 우물, 수 세기 동안 초록지붕으로 이어진 성곽 담의 잔해 등 수많은 폐허 자극이 해골처럼 공허하게 드러났다. 야릇한 감정과 그의 슬픔에 이런 광경은 더욱 증폭되었으며, 그는 하나님에게 고소당한 존재처럼 서둘러 멀리 달아났다.

그 길은 산기슭으로 이어졌으며, 산 정상은 사람들이 믿기에 메이브[45]의 무덤으로 추정되는 돌무더기 케른이 있었다. 또 이 케른은 아주 옛날에 달의 희생양으로 죄수들이 처형된 장소를 표시하려고 세워졌다고 골동품 애호가들은 생각했다.

그는 산으로 올라갔다. 해는 수평선 선상에 걸려 있었다. 그는 거기서 손가락 하나 꼼짝 않고 그대로 머물렀다가, 산으로 오르자 더 없이 넓은 원형의 바다를 바라보았다.

그는 케른 위로 자신을 내던졌다. 해는 바다 아래로 가라앉았다. 도네갈 돌출부는 사위(四圍)가 푸른색으로 물들었다. 하늘에서 별들이 점점 더 나타났다.

때때로 그는 일어나 이리 저리 정처 없이 걸었다. 많은 시간이 흘러갔다. 하늘에는 별들이 총총 빛나고, 저 아래 계곡에는 시냇물이 흐르고 있었다. 바람은 둥근 돌 사이를 흐르고, 여러 알 수 없는 짐승들이 정적 속에서 바스락 거렸다. 세상만사는 각자의 내부에 내재되어 있는 하나님의 섭리를 이행하며, 홀로 충만하고, 타인과도 흡족해 하며, 먹이 감의 새에게도 하나님의 화평이 깃든다. 오직 그만이 하나님의 섭리를 충족시키지 못했다. 즉 그가 아닌 것, 자연이 아닌 것, 하나님이 아닌 그 어떤 것

---

45) '메이브'는 코넛의 신화에 등장하는 여신 여왕으로, 크루컨에서 수도를 건설하여 지배했다. 남편 일린과 관계에서 우위였으며, 성적 매력이 대단한 퍼거스 맥 로이라는 애인이 두고 있었다. 얼스터계의 이야기에 따르면 탐욕과 질투에 눈이 멀어 얼스터에게 전쟁을 선포한 야망이 넘치고 난잡한 여성으로 나타난다. 남편은 멋있는 흰 황소였지만, 얼스터 갈색 황소를 차지하길 몹시 탐했다. 얼스터 남정네들이 갈색 황소를 그녀에게 주길 거부하자, 북쪽으로 군대를 지휘하고 얼스터의 유일한 영웅 쿨린과 교전한다. 메이브는 자기 딸 피네바를 뇌물로 쿨린에게 바치려는 꾀를 시도하면서 그녀의 가장 강력한 장수가 그와 대적하게 보낸다. 그녀가 패하자, 마술을 부려 죽음을 초래하고 조카의 어머니를 죽인 퍼베이드의 손에 죽는다. 메이브는 슬라이고 녹나리에 있는 케른에 묻힌 것으로 평이 나 있지만, 다른 근거에 따르면 크루컨에 묻힌 주장도 있다.

이 그것의 도구로 사랑했던 그녀와 그를 예전에 만드셨다. 희망, 추억, 전통, 순응 이런 것들이 각자의 생명을 낭비하게 했다. 그가 이런 생각에 이르자, 이 밤은 핏빛으로 물들어 그의 발길을 부스러뜨릴 것 같았다. 시간에 시간이 연이어 지나갔다. 한 밤중에 먼 읍내에서 시간을 알리는 희미한 소리를 듣자, 그는 소스라치게 놀라 일어났다. 그의 얼굴과 두 손은 눈물로 촉촉했으며, 그의 옷은 이슬로 흠뻑 젖었다.

"무서운 하늘을 급히 날아가듯이 그는 집을 향했다. 무엇이 그에게 이런 미광(微光)과 침묵의 호사스러운 현재를 가져왔는가? 가시금작화[46] 때문에 다소 느린 발걸음으로 그는 계곡 아래로 내려갔다. 북쪽 지평선을 따라 영원한 새벽은 밤이 깊어짐에 따라 동쪽으로 이동하면서 움직였다. 한 번은 그가 석회가마 근처의 늪을 지날 때 수많은 새들이 갈대 사이에 달라붙어서 짹짹 지저귀고 있었다. 한 번은 두 도로가 산 쪽에서 교차하는 순간에 잠시 서서, 어두운 벌판을 굽어보았다. 그가 있는 20야드 앞에는 흰 바위가 들 한복판에 솟아 있었다. 그는 이 장소를 잘 알고 있었다. 이곳은 옛날 묘지였다. 이 바위를 보자마자 갑자기 아이들이 느끼는 어둠의 오싹함에 휩싸여, 다시 바삐 걷기 시작했다.

그는 벌라 남쪽으로 다시 진입했다. 지나가면서 사제관을 바라보았다. 놀랍게도 응접실에는 전등이 켜져 있었다. 그는 꼼짝도 안 했다. 새벽의 여명이 동쪽에서 밝아오고 있었지만, 그늘 없는 들판에 불어오는 신선한 바람으로 두 눈이 더욱 강렬해지는 것처럼 그의 주위에는 온통 어둠이

---

46) '가시금작화'는 콩과의 여러해살이 관목이다. 몸 전체가 가시로 덮여 있으며 노란색 꽃이 피고 향기가 있다.

었다. 칠흑 같은 어둠 속에서 불로 밝혀진 창문은 빛났다. 그는 대문으로 가서 안쪽을 들여다보았다. 방은 텅 비어 있었으며, 대문 가까이 흰 옷을 입은 사람이 서 있는 걸 눈치 채고는 그는 막 돌아서려했다. 걸쇠는 삐걱 거렸으며, 대문은 돌쩌귀 위로 천천히 움직였다.

"존, 나는 지금껏 기도를 하고 있었어요"라는 떨리는 목소리가 들려왔다. "한 줄기 희망의 불빛이 저에게 비쳤어요. 저는 당신이 큰 희망을 갖길, 즉 세상으로 나아가서 뭔가를 하길 간절히 바랍니다. 당신이 잘못 처신했어요. 저의 알량한 자존심도 상했어요. 당신은 내가 얼마나 당신에게 희망을 걸었는지 알지 못할 것입니다. 하지만 그건 저의 너무 지나친 자만심 아니 지나친 어리석음이었어요. 당신은 저를 사랑합니다. 저는 더이상 요구하지 않습니다. 우리는 서로가 필요합니다. 그 나머지는 하나님이 알아서 해주실 것입니다."

그녀는 두 손으로 그의 두 손을 잡고는 애무했다. "우리는 지금까지 난파된 배와 같은 존재였어요. 우리의 애지중지한 물건은 저 바다로 내던졌어요." 그녀의 목소리에 묻어나온 그 무엇은 여성의 사랑을 남성의 사랑과 구분하는 감정에 호소했다. 그녀는 사랑한 남자를 보호가 절실한 무력감이 가득 찬 존재로 여겼다. 또 아이가 엄마의 품에서 느끼는 충만감이 아주 절실한 무력한 존재로 남자를 여겼다.

글렌카 폭포　　　　[안중은 제공]

슬라이고의 불벤산　　　　[고준석 제공]

도야[47)]

---

47) 『도야』는 신화를 바탕으로 인간과 요정 간의 사랑을 다룬다.

I

　호랑이 담배 피우던 아주 옛날에, 피라미드에 돌이 석재로 처음 사용되기도 전에, 석가모니가 보리수 잎을 처음 펼치기도 전에, 저녁마다 내려와서 논을 짓밟았던 말(馬)을 일본의 어느 화가가 절벽에 그리기도 전에, 토르48)의 갈가마귀가 애벌레를 처음으로 같이 잡아먹기도 전에, '도야'라 이름의 거대한 체구에 엄청난 힘을 지닌 한 사나이가 살았다. 어느 날 저녁에 포모르49)는 갤리선50)을 지금의 발라만(灣)인 붉은 폭포라는 '레드 카타랙트'만으로 몰아넣어, 그곳에 그를 내버렸다. 그는 그들을 뒤따라 물에 뛰어들면서, 큰 바위를 던졌지만 다다르지 못했다. 그네들은 아주 어린 시절부터 그를 생포하여 갤리선에 노 젓는 고된 일을 시켰다. 하지만 도야가 힘이 부치고 감정이 격해지면, 갑판에 있는 모두에게 난동을 부렸다. 때로는 그는 갤리선의 의자를 갈기갈기 찢고, 노잡이들을 돛대줄51)로 밀어올리곤 했다. 그들은 그가 울분이 풀릴 때까지 매달리곤 했다. "악마들은 그를 부하로 삼았다. 그리곤 물로 가득 찬 거대한 주전자를 머리 위에 이게 하고, 그를 해안으로 유인해서 내버렸다"라고 사람들은 전한다.

　　마지막 돛단배가 인간 세상에 닻을 내리고, 그는 모래에 넘어지자 일어나 서둘러 동쪽 숲으로 발걸음을 재촉했다. 조금 후 그는 산으로 에워싸인 호수에 이르렀다. 나중에 이곳은 디어르마드52) 왕이 네 개의 기둥을

---

48) '토르'는 천둥·전쟁·농업을 맡은 뇌신(雷神)을 말한다.
49) '포모르'는 아일랜드 이교 신화에 등장하는 악마 또는 사악한 귀신들을 일컫는다.
50) '갤리선'은 옛날 노예나 죄수들에게 노를 젓게 한 돛배나 군함의 노예선이다.
51) '돛대줄'은 돛대 꼭대기에서 양쪽 뱃전으로 뻗치는 줄을 말한다.

옮겨서, 난로 중간에 네 개의 깃발로 연단을 설치하고, 그 위로 지붕을 버들가지와 껍질로 엮은 장소이다. 이뿐만 아니라 그의 애인 그로니[53]를 이 섬에 격리시킨 곳이다. 한 쪽은 지금의 불벤산이고, 다른 한 쪽은 코프산[54]이 위치한 동쪽으로 그는 계속 나아갔다. 마침내 그는 깊은 큰 동굴에 이르러 온몸을 쭉 펴서 몸을 맡기고 곤한 잠에 빠졌다. 이후 그는 이 동굴을 근거지로 삼아서 사슴과 곰, 산에 사는 황소 사냥에 나섰다. 세월은 천천히 흘러갔다. 미친 이처럼 고함치는 그에게 자신의 그림자이외는 아무도 없었지만, 그는 종전보다 더 분노가 머리끝까지 치밀었다. 그가 분노하면, 심지어 박쥐와 올빼미, 황혼녘에 풀숲의 황개구리도 몸을 숨기곤 했다. 때로는 아주 온순해지면, 그는 이들을 친구로 삼아, 자신의 주위에 기어오르고 앉게도 했다. 정체를 모르는 추방된 자인 이 동물들도 때론 음울하고 조용했다. 하지만 무엇보다 평온하고 아름다운 것들이 그를 두렵게 했다. 천천히 조심스럽게 손을 뻗쳐 마침내 찬란하게 빛나는 물총새 할키온[55]을 잡아 안으려고, 그는 여러 시간 낙엽에 숨어서 지켜보았다.

시간은 아주 더디 더디 흘렀다. 주위에 인간의 얼굴을 본적은 없지만

---

52) '디어르마드'는 레인스터의 왕이었다. 그는 티어란 오륵 오브 브리프니의 아내인 '데보길라'를 유괴한 것으로 후대 사람들은 주로 기억한다.

53) '그로니'는 나이든 '핀' 용사의 사랑을 벗어나려고 '더못'과 함께 도망친 아름다운 여성이다. '더못'은 아일랜드 이곳저곳을 도망쳤지만, 불벤산 해안이 있는 슬라이고에서 결국 살해당했다. '핀'은 그로니의 사랑을 얻어서 데려왔다(『W. B. 예이츠: 『존 셔먼』과 『도야』』리처드 피너란 편집 102).

54) '불벤산'과 '코프산'은 둘 다 슬라이고 읍에 있다(『W. B. 예이츠: 『존 셔먼』과 『도야』』리처드 피너란 편집 102).

55) '할키온'은 그리스 신화에 나오는 물총새를 닮은 상상의 새로, 동지 무렵 바다에 둥지를 띄워 알을 까며 파도를 가라앉히는 마력을 가졌다고 믿어졌다.

간혹 다정한 기분이 찾아드는 황혼녘이면, 어떤 한 존재가 눈에 보이지는 않지만 둥둥 떠다니며 그에게 조용히 그리워서 한탄하는 것 같았다. 손가락 하나가 이마에 잠시 쉬어 간다는 느낌에 젖은 채, 그는 한두 번 잠결에서 깨어났다. 다시 잠들기 전에 동굴 문으로 희미하게 빛나는 달님에게 그는 기도를 중얼거렸다. "하늘이라는 푸른 동굴을 방랑하는, 파썰론56)의 턱수염보다 더 흰 그대여! 오백년 세월 동안 당신은 바다 표면에서만 잠자며 외로이 느릿느릿 걷는 오, 달님이여! 산 너머 남쪽 호수 섬의 악령, 북쪽 동굴의 악령, 계곡 너머 동쪽 강어귀에서 횃불을 흔드는 악령, 산 너머 서쪽 연못의 악령으로부터 저를 지켜주십시오. 저는 당신에게 뿔이 잘 자란 곰과 사슴을 한 마리 씩 바칠 것입니다. 오, 성스러운 동굴을 지키는 은둔자여, 어떤 이가 그대에게 해(害)를 가하면, 제가 당신의 앙갚음을 할 것이다"라고 그는 맹세하곤 했다.

시간이 거듭거듭 흐르면서 그는 신비한 접촉을 몹시 갈망했다.

때로는 그는 먼 곳까지 갔다가 오곤 했다. 한 번은 산에 사는 황소들이 압도적인 수로 흰 뿔을 과시하면서 떼 지어서 서쪽으로 큰 소리 지르면서 그를 뒤쫓았다. 개중에 가장 큰 뿔의 황소는 그의 동굴에 거의 이를 정도였다. 바닷물이 어깨까지 찰 정도로 천천히 걸어 들어가 어둠 속에 숨어서, 황소들이 큰 소리를 지르면서 달아나는 걸 그는 지켜봤다. 그가 섰던 곳은 오늘날까지도 '풀도야'라 불린다.

세월이 천천히 흐르는 가운데, 그의 변덕은 점점 도를 더해 갔다. 그는 더 자주 머리끝까지 분노했다. 한번은 음울한 기분에 젖어 그는 이리

---

56) '파썰론'은 포모르의 지도자로 일컬어지지만, 더 자주는 포모르의 원수로 여겨진다.

저리 숲을 수마일 정처 없이 걸었다. 황혼녘에야 되돌아오면서 산 남쪽 호수의 남향 절벽 위에 그는 섰다. 달이 떠오르고 있었다. 흔들리는 갈대 소리가 땅 저 밑에서 떠다니고, 새들은 우거진 갈대숲에서 움직이는 갈대 줄기에 매달린 채 재잘거렸다. 지금은 자연의 신봉자들을 위한 시간이었다. 몸은 달을 향한 채 그는 낙엽과 나뭇가지 더미를 급히 모아 산딸기나무와 마가목 열매에 불을 지폈다. 연기가 하늘로 솟아오르자, 희미한 자줏빛 막대구름은─희생의 제물이 되길 거부하는─달 표면 위로 떠돌았다. 에워싸인 숲을 급히 지나면서, 그는 올빼미가 통나무의 움푹 파인 곳에서 잠자는 걸 보았다. 돌아오는 길에 이런 일이 그에게 영감의 불길을 당겼다. 여전히 구름은 몰려들었고, 그는 다시 숲을 샅샅이 뒤졌다. 이번에는 이 불길에서 그는 오소리에 주목했다. 몇 번이고 그는 이리저리 오가면서, 때로는 어떤 생명체와 함께 즉시 되돌아오고, 때로는 모닥불이 거의 다 꺼진 뒤에야 되돌아왔다. 사슴, 멧돼지, 온갖 새들은 목적의식이 없었다. 그가 불타는 나뭇가지를 점점 더 높이 쌓았다. 화염과 연기는 거인이 휘두르는 채찍처럼 굽이치며 원을 이루었다. 시간이 흐르면서 더 가까운 섬들은 더 멀리 있는 형제 섬들에게 붉은 빛을 전했다. 갈대밭에서 잠을 자다가 방해를 받은 새들은 눈에 비친 붉은 미광에도 분명 놀랐을 것이다. 밤새 기울인 노고가 아무 소용이 없자, 구름은 점점 더 달 표면을 가리었다. 긴 채찍 같은 불꽃이 가장 밝게 빛날 때, 구름은 굽이치는 파도같이 끝없이 이어지는 안개 속으로 달을 익사시키듯이 삼켰다. 맹렬한 불길을 마주하면서, 막대기로 불타는 나뭇가지를 사방으로 흐트러뜨리면서, 화가 치민 그는 타다 남은 등걸을 짓밟았다. 사방의 둘레가 온통 어둠인데 갑자기 어떤 목소리가 그의 이름을 부드럽게 불렀다. 그는 돌아섰다. 여러

해 동안 그는 이런 명료한 목소리를 들은 적이 없었다. 그 목소리는 저 벼랑 바로 아래의 대기에서 나오는 것 같았다. 그는 개암나무[57] 숲을 고수하면서 상체를 내밀었다. 순식간에 아리따운 여성의 형체가 그의 면전에 희미하게 떠도는 것 같았다. 그가 유심히 지켜보자 한 점의 안개구름으로 변해버렸다. 자주 드나드는 섬의 가장 가까운 곳에서, 분명히 한 줄기의 바람 같은 음악소리가 들려왔다. 그 연후에 숲 뒤에서 그는 "내 사랑하는 도야"라는 목소리를 들었다. 그는 급히 달려갔다. 흰 뭔가가 그의 면전에서 움직였다. 잿빛으로 물든 아침이 동쪽 산의 안개를 어루만지듯, 아침의 미풍에 수많은 무리의 달맞이장구채만이 흔들렸다. 초자연이 내뿜는 두려움에 갑자기 떨면서, 그는 집으로 향했다. 모든 것이 변했다. 어두운 그림자가 오가며, 꼬마요정들이 미풍에 실려 가면서 재잘거렸다. 하지만 그가 소나무 숲 오두막에 이르렀을 때, 모든 것은 예전처럼 여전했다. 그는 보폭을 줄여 천천히 걸었다. 장엄한 소나무들이−여러 그루 혹은 한두 그루 소나무만이−아주 무심한 듯이 그를 달랬다. 숲속 빈터에 나머지보다 더 큰 소나무 한 그루가 평소보다 더 멀게 보이자, 그는 어두운 불법자인 달에게 발걸음을 멈추고 머리를 조아리며 준비되지 않은 즉흥기도를 조용히 올렸다. 양물푸레나무와 개암나무가 만든 응달지역을 벗어나, 그가 동굴 가까이에 이르자, 목소리가 다시 들렸다가는 사라지는 것 같았다. 그림자들이 그의 주위를 선회하는 것 같았다. 목소리가 다시 들리자, 그는 떨어지는 이슬처럼 희미하고 부드러운 말투로 "내 사

---

57) 예이츠에 의하면, "개암나무는 아일랜드에서는 생명과 지식의 나무였다. 아일랜드에서는 다른 곳과 마찬가지로 의심의 여지없이 개암나무는 하늘나라의 나무였다." 『돔 1.1』 (1898.10); 36(『W. B. 예이츠: 『존 셔먼』과 『도야』』 리처드 피너란 편집 102).

랑, 도야"를 상상했다. 하지만 동굴 몇 야드 밖에는 모든 것이 갑자기 잠
잠했다.

II

땅에 눈을 박은 채 자신에게 일어난 일련의 모든 일에 당황한 그는 점점
더 천천히 걸었다. 그는 바다 한 가운데 공허한 바위처럼 녹음에 가리어
나무 사이에 비스듬하게 빛나는 둥근 불빛 주위를 하염없이 헤아리면서,
동굴에서 몇 발자국 떨어진 곳에서 손가락 하나 까딱하지 않은 채 섰다.
거듭하여 불빛을 헤아리면서 처음에는 오로지 귀로, 다음에는 마음으로
동굴 안에서 이리저리 오가는 발자국 소리에 귀 기울였다. 눈을 들어서
그는 벼랑 위에 똑같은 형상―젊고 아리따운 아가씨 형상―을 보았다. 아
가씨의 옷은 요정이 발산하는 마법의 빨강색[58]으로 물든 깃털의 경계를
제외하고는 흰색 일색이었다. 아가씨는 한구석에서 창을, 다른 한구석에
서는 가지와 곁가지를 땔감용으로 마련했다. 또 땅에다 나무껍질을 펼쳐
놓고, 아가씨는 지금 포모르가 만든 아주 큰 돌 주전자를 쓸데없이 잡아
당기기 시작했다.

　　갑자기 그녀가 그를 보자, 한 바탕 웃고는 다음과 같이 외치면서 그
의 목을 얼싸안았다. "도야님, 저는 저 머나먼 저의 세상을 떠났어요. 호

---

58) 예이츠의 설명에 의하면, '빨강색'은 모든 나라에서 마법을 일으키는 색상이며, 아주 옛
　　날부터 그렇게 여겨졌다. 요정이나 마법사의 테 없는 모자는 거반(居半)이 늘 빨강색이
　　었다(윌리엄 오도넬 편집의 예이츠 『서문과 서설』 13).

수 바닥에 있는 나의 백성들은 지금도 춤추고 노래하고 있어요. 호수 섬에서는 끝없는 행복, 끝없는 젊음, 변화가 없는 불변이 상존해요. 도야님, 나의 백성들은 사랑할 수 없기에 당신을 위해서 저는 그들을 저버렸어요. 오직 변화, 변덕, 노여움, 염증만이 사랑 받을 수 있어요. 도야님, 저는 아름다우니, 저를 사랑해주세요. 당신은 저의 말을 듣고 있나요? 도야님! 그대를 위해서 저의 백성들이 춤추는 장소들을 저는 떠났어요." 한참동안 그녀는 수많은 말을 쏟아냈지만, 그는 처음에는 거의 답을 하지 않았다. 그 후 그녀는 헤아릴 수 없는 수많은 세월 동안 침묵 속으로 점점 더 녹아 서서히 사라졌다. 그녀가 두 눈으로 그를 그윽하게 바라보는 동안에도, 어떤 사랑의 열정도 – 인간이 아니기에 상상할 수 있는 환상의 징표인 – 육감적인 눈으로 우리를 주시해온 온화하고 신비스러운 울적함을 떨쳐버릴 수는 없었다.

이런 이상한 회상에 젖은 채 여러 날이 지나갔다. 때로는 그는 그녀에게 "당신은 저를 사랑하나요?"라고 물으면, 그녀는 "잘 모르겠지만 끝도 없이 당신의 사랑을 그리워할 거예요"라고 대답하곤 했다. 가끔 땅거미가 질 때 사냥을 마치고 집으로 돌아오는 길에 그녀가 동굴 가까이 흐르는 시냇물을 굽어보고, 깃털로 머리를 치장하고, 산딸기 주스로 입술을 붉게 물들이는 걸 그는 보곤 했다.

그는 저 깊은 숲에 은둔해 살지만 아주 흡족했다. 서쪽 바다에서 철썩대는 파도소리는 희미하게 들리지만, 도야와 요정은 거의 변화를 알아채지 못하는 것 같았다. 하지만 조수(潮水)와 별들이 운명의 여신의 수레바퀴에 고정되어 있듯이, 변화의 여신은 모든 곳에 상존하는 법이다. 요정과 도야는 머리를 뒤로 빗고 입맞춤하는 사이에도, 그들의 모든 핏방울,

하늘의 모든 구름, 세상의 모든 나뭇잎은 조금씩 변했다. 변화를 두려워하는 마음을 제외하고는 만물은 다 변하는 것이다. 하지만 ― 꿈은 죽음과 요람 가장 가까이에서 맴돌듯이 ― 도야는 자신에게 허용된 지금 이 시각에 노인이나 유아처럼 행복한 꿈으로 가득 찼다.

한번은 사냥을 마치고 귀가 길에 호수 북쪽 가장자리에서 올빼미들이 서로에게 "떠날 시간이다"라고 외치고, 바람이 마지막으로 나풀거리다 사라지던 시각이었다. 모든 섬이 귀신에 홀린 듯 가장 작은 개암나무 가지도 감지할 수 있는 한 이미지가 나타났다. 좁은 모래사장 가장자리에는 붉게 물든 바다를 배경으로 하찮은 한 존재가 그의 면전에 갑자기 일어섰다. 도야는 점점 더 가까이 갔다. 머리에는 작은 빨강 모자를 쓰고, 창 손잡이에 기댄 한 사나이가 있었다. 그의 창은 날카롭고 반짝이는 금속으로 장식된 창이라면, 도야의 창은 나무에 한쪽 끝이 대장간 불길에 단조(鍛造)되어 뾰족했다. 빨강 모자를 쓴 이방인은 조용히 일어나 날카로운 창을 들어 도야를 찔렀지만, 끝이 뾰족한 막대기로 도야는 적의 공격을 날렵하게 피했다.

그들은 한참을 싸웠다. 일몰의 마지막 흔적이 지나가고 별이 떴다. 도야는 두 발로 땅을 걷어찼지만, 상대방은 도야가 이리저리 돌진하자, 최대한으로 힘을 모아 민첩하게 움직여 모래 위에 그림자나 발자국도 하나 남기지 않았다. 좀 지친 도야는 상처를 입었지만, 상대방은 멀리 뛰어넘어 물가에 웅크리고선 다음과 같이 말했다. "웃음도 노래도 없는 댁이여, 당신은 알려진 적이 없는 주문(呪文)에 의하여 우리 무리들 중에서 가장 아름다운 이의 목숨을 빼앗았어요. 도야, 그녀를 소생시켜주고, 자유롭게 떠나세요." 도야는 그자에게 어떤 말도 하지 않았다. 상대방은 일어나서 창으로 그를 다시 찔렀다. 여명이 노란 올리브색으로 먼 하늘을 물들일 때까지 모래에서 그들은 진퇴를 거듭하면서 싸웠다. 그 후 오랫동안 잠복해 있던 분노가 도야를 덮쳤다. 그는 불구대천의 원수와 육박전하면서 그자를 내던지고, 그자의 가슴에는 무릎을, 목에는 손을 겨누며 눕혔다. 마음만 먹으면, 도야는 그자를 한 묶음의 갈대 크기도 안 되는 것으로 압축해서, 붙어 있는 생명이란 생명을 모두 깔아뭉갤 수 있었을 텐데.

이른 아침에야 집 가까이 오자, 그가 아주 사랑하던 목소리를 들었다. 다음과 같이 노래했다.

> 내 임은 우울함이 가득 차 슬픔에 잠겼어요.
> 이런 기분에 그이는 무거워진 머리 낮게 숙이네.
> 기뻐하는 이들보다 난 그이를 더 애지중지해요.
> 그이는 내 가슴 위에다 곤히 잠들 거예요.
>
> 내 임은 적잖게 언짢은 기분에 젖었어요.
> 만물에 얽힌 악한 말을 부드럽고 예쁘게 하지요.
> 착한 이들보다 난 그이를 더 애지중지해요.
> 열 손가락은 그이의 황금빛 머릿결을 더듬네요.
>
> 좋은 어떤 지혜, 애원의 눈길로도 나를 바라보는
> 두 눈에 눈물을 흠뻑 젖게 할 수는 없을 거예요.
> 현명한 이들보다 난 그이를 더 애지중지해요.
> 그이를 위해 난 철들고 기운차고 명랑할 거예요.

그녀가 그를 보면서 다음과 같이 외쳤다. "우리가 함께 말을 탔을 때, 나와 내 몸은 야간 캠핑장을 거쳐 가죽 텐트에서 오래된 인간의 노래가 둥둥 떠다녔다." 그날부터 그녀는 항상 미친 듯 음울한 노래를 부르거나, 인간이 상상할 수 없는 환상의 눈길로 그를 지켜봤다.

한 번은 "당신은 나이가 몇이에요?"라고 그는 물었다.

"저는 어려서, 천 살 입니다."

"저는 당신에 비하면 너무 어리네요. 당신은 나에게 너무 벅찬 존재─즉 당신은 여명이자, 일몰이자, 고요이자, 말씀이자, 그리고 고독을 안겨주는 존재이에요"라고 그는 말을 계속했다.

"제가 너무 과분한 존재입니까?"라고 그녀는 되물으면서, 그것도 여러 번 그 말을 했다. 그녀의 두 눈은 환해지면서 가슴은 기쁨으로 굽이쳤다.

가끔 그는 그녀에게 예쁜 동물 가죽을 가져다주곤 했다. 그녀는 가죽 위를 이리저리 걸으면서, 발밑의 촉감을 부드럽게 느끼면서 웃곤 했다. 때로는 멈추어서 그녀는 갑자기 질문했다. "우리 헤어지면 당신은 저를 위해 울 것입니까?" "나는 울다가 죽을 거예요"라고 그는 대답하곤 했다. 그녀는 부드러운 가죽위로 이리저리 발을 계속 문지르곤 했다.

그러는 사이에 도야는 점점 더 차분해지고 온순해졌다. 변화의 여신은 너무 할 일이 많아서, 도야와 아가씨의 존재를 깜박 잊었던 것 같았다. 별은 떴다가 도야와 아가씨가 함께 미소 짓는 걸 보면서 졌다. 일렁이는 파도 자체를 제외하고는 만물에 변덕을 안겨주던 파도는 밀려왔다가는 밀려갔다. 하지만 변화의 여신에 두려움만 제외하면 만물은 항상 변하는 것이다.

III

동굴 내부에 그들이 앉아 있던 어느 날 저녁이었다. 공터를 통하여 흐린 하늘과 낙엽을 바라보고, 막 떠오르는 별을 헤아리면서, 도야는 검은 윤곽을 보았다. 호수 모래사장에서 겨루었던 그자의 검은 그림자가 갑자기 도야의 면전에 나타났다. 동시에 그자의 동료의 한숨소리를 도야는 들었다.

낯선 자는 조금 가까이 접근해서 다음과 같이 입을 열었다, "도야, 그 전에 우린 싸운 적이 있지요. 댁도 잘 아시다시피 체스는 전쟁을 맹신하는 전사에겐 더할 나위 없는 안성맞춤의 게임이지요, 오늘 댁과 체스를 한 판 두려고 왔어요."

"나도 그 점을 잘 알고 있소"라고 도야도 응했다.

"도야, 우리가 체스를 둔다는 것은 내기를 말하는 것이지요."

"내기는 안 돼요"라고 그자 옆의 동료가 살며시 말했다.

하지만, 원수를 보자 화가 머리끝까지 난 도야는 다음과 같이 말했다. "나는 체스를 둘 것이며, 댁이 의미하는 내기를 나는 잘 알아요. 내기를 위해 나는 이름을 걸어요. 나는 댁의 가슴 위에다 무릎을, 목에다 내 두 손을 다시 겨눌 거예요. 댁은 다시는 한 줌의 젖은 갈대도 되지 못할 거예요." 그의 동료가 가죽 위에 누워서 작게 소리 냈다.

도야는 승리를 확신했다. 화가 머리끝까지 나기 전에는, 그는 어린 시절에 갤러리 주인들과 자주 체스를 두곤 했다. 뿐만 아니라 언제든지 그는 다시 한번 더 날렵하게 두 손과 무기로 되돌아갈 수 있었다.

지금 동굴 바닥은 포모르가 사용한 거대한 주전자로 해안에서 가져온 부드럽고 흰 모래가 깔려 있어, 그의 애인이 거닐기에 부드러웠다. 예전에는 이 바닥은 거친 흙이었다. 모래 한 쪽에는 빨간 모자를 쓴 낯선 자가 창끝으로 체스판 선을 그었다. 등심초[59]로 경계를 표시하고 사각형의 각 구석에는 십자표를 긋고 다시 그어서, 모래사장에 등심초로 각 끝을 고정 시켰다. 마침내 완벽한 체스판은 흰색과 녹색의 사각형으로 완성되었다. 나무와 은으로 된 가방크기만한 체스를 그는 꺼냈다. 두세 개 체스만으로 도 아이들에겐 한 아름이었다. 각자는 양끝에 서서 체스를 두기 시작했 다. 게임은 오래 지속되지 않았다. 도야가 아무리 정성들여 체스를 두었 지만, 체스의 움직임은 그의 의도와는 어긋났다. 마침내 체스판 뒤로 확 물러난 그는 "내가 졌소"라면서 소리쳤다. 두 요정들이 입구에 함께 도열 했다. 도야는 창을 움켜잡았지만, 그자들은 처음에는 하나의 별로, 다음에 는 여러 나뭇잎의 형태를 보이더니, 천천히 사라지기 시작했다. 이내 모든 것이 사라졌다.

그런 연후에 자신의 패배를 알아차린 그는 땅에다 분풀이하듯 이리저 리 구르면서 야생짐승처럼 으르렁거렸다. 밤새도록 그는 땅에 누운 채, 다 음 날 밤까지도 이런 상황이 이어졌다. 그는 지팡이를 손가락 사이에 넣 어 무의식적으로 분질러서 조각조각 냈다. 아직도 화가 가시지 않은 그는 한 손에 지팡이의 뾰족한 끝을 잡고 일어나, 서쪽으로 나아갔다. 북쪽 산 협곡에서 야생말의 발자국을 그는 우연히 알게 되었다. 이윽고 인기척을

---

59) '골풀'은 '등심초' 또는 '인초'라고도 한다. 골풀은 온대지방에 널리 분포되어 있는 식물이 다. 높이 1.2~1.5m, 지름 2.5mm 내외이며 10개 정도의 마디가 있는데, 각 마디에서는 뿌리가 나오며 옆으로 길게 뻗는다. 골풀은 주로 돗자리·슬리퍼·핸드백·바구니·모 자·방석·벽지 등을 만드는 데 이용되며 약재로도 이용된다. (출처: 한국민족문화대백 과사전)

인식 못하는 한 존재가 겁 없이 그 옆을 지나갔다. 그는 뾰족한 막대기 끝으로 옆구리를 찔러 큰 상처를 내자, 말은 짧은 비명을 지르면서 산 아래로 달아났다. 밤안개에 실려 온 매서운 바람에 남쪽으로 쫓기던 다른 말들도 하나씩 하나씩 그의 옆을 지나갔다. 협곡의 끝 무렵에 말무리의 대장인 검고 거대한 군마(軍馬) 한 마리가 버티고 서 있었다. 근처의 절벽에서 큰 소리를 외치면서 갈가마귀를 공중에 선회케 한 도야는 등을 타고 날아가듯이 갔다. 도야를 넘어뜨리려고 헛되이 애쓴 말은 안개가 자욱한 산꼭대기 위 북서쪽으로 급히 달아났다. 가끔 급히 떠도는 구름이 없는 맑은 남동쪽 하늘 아래 낮은 곳에서 떠오르는 달은 흐리면서 변화무쌍한 빛을 띠었다. 마치 구름은 그의 검은 군마를 타고 거대한 악마를 쫓다가 풀이 죽은 듯, 달은 구름 앞의 말 그림자가 안개 속에 떠오르게 했다. 산꼭대기를 떠나면서 세월이 한 참 흐른 후에 군마들은 디어르마드가 동굴 깊은 곳에 애인 그로니를 숨겼던 협곡으로 급히 갔다. 세상 물정에 어두운 하인 뮤한이 산딸기를 미끼로 낚시 줄로 고기를 잡았던 그 개울을 그는 지나갔다. 수 마일에 걸친 북쪽의 분지에는 거대한 야생군마들이 무서운 종족(種族)인 말을 타고서 절벽과 갈라진 틈을 뛰어넘었다. 지금 도네겔에 있는 산은 바닷바람이 산으로 비를 몰아가는 구름 사이로 우뚝 솟았다. 도야는 그가 어디로 향했는지, 왜 말을 탔는지 알 길이 없었다. 지속적으로 말발굽에 흩어진 자갈이 계곡 아래로 떨어지면서 우르르 쾅쾅 울리고 있었다. 저 멀리 수 천길 아래에 있는 바다를 보았다. 그 후 즉시 눈을 고정한 채 창끝을 가축몰이 막대기로 이용하여, 그는 검은 군마를 두 배의 속도로 달리게 부추겼다. 기수와 군마는 곧바로 서쪽 바다 속으로 뛰어들었다.

이따금 도네겔 산의 농장(農莊) 날품팔이 농부들은 바람이 세찬 밤에 갑작스럽게 말발굽 소리를 들으면, 서로에게 다음과 같이 말하길 "저기에 도야가 가네." 동시에 어떤 사람이 협곡으로 나가본다면, 거대한 한 그림자가 산을 따라 돌진(突進)하는 걸 볼 것이라고 사람들은 말한다.(60)

---

60) 예이츠는 아일랜드 전설에서 전하는 믿음의 연속성을 즐겨 강조했다. 1887년 9월 캐서린 타이난에게 보낸 편지에 그 한 예를 볼 수 있다. "지난 수요일에 더못이 죽었다는 장소를 보려고 불벤산 위를 갔다. 이곳은 아직도 귀신이 출몰하고 매우 깊고 컴컴한 연못으로 해발 1,732피트로 온 사방으로 바람이 통했다. . . . 산기슭의 모든 농부들은 이 전설을 주지하고 있으며, 더못은 아직도 이 연못에 출몰하여 두려움을 준다. 모든 구릉과 개울은 이 전설과 이런 저런 방식으로 연결되어 있다(『W. B. 예이츠 서한집: 제1권, 1865-1895』, 존 켈리 편집 (옥스포드: 클렌던 프레스, 1986) 37).

발라와 일린[61)

1903

발라와 일린

———

개요: 발라와 일린은 연인이었다. 그러나 사랑의 신 엥거스는 자신의 나라에서 그들이 죽은 자들 가운데서 행복하길 원했다. 이들 각자는 애인이 죽었다는 애기를 듣자 상심하여 죽게 되었다.

바람이 세차게 불자 마도야가 울고
잿빛 골풀이 우는 소리가 들리자
꿀 같은 입을 지닌 울라[62)의 후계자,
부안의 아들, 발라와
루가드 왕의 계승자인
남쪽 지방의 마음씨 착한 여인
일린에 대한 일념으로
내 마음은 치닫기 시작하네.
발라와 일린의 늙었다고 해서
이들의 사랑이 이런 저런 걱정으로
없어지거나 식을 줄 몰랐네.
지상에서 결혼이 금지되었기에

---

62) 울라는 얼스터의 다른 이름이다.

이들은 불멸의 환희로 피어났다네.

그리스도가 탄생되었을 쯤에

'흰뿔 황소'와 '갈색 황소'를 쟁취하려는

기나긴 싸움이 시작되기도 전에

오히려 '작은 땅의 발라'라 불렀던 어떤 이는

'달콤한 입을 지닌 젊은 발라'가

한 무리의 하프 연주자들, 청년들과 더불어

말을 타고 아운[63]을 빠져나갔네.

그들은 수많은 목초로 덮힌

뮤헤미나[64]로 가는 길을 달리면서

모든 일은 순조롭게 진행되어

바보들의 어떤 말에도 불구하고,

거기서[65] 발라와 일린은 결혼하리라 생각했는데.

그들은 거기서 한 노인이 달리는 것 보았고

노인은 초록빛 긴 머리를 헝클린 채

긴 양말에는 양 무릎이 삐져나왔고

신발에는 진흙탕 물이 배여 있었지만

---

63) 아브빈: 고대 코나하 왕국의 수도 아운 마하.

64) 뮤헤미나: 아일랜드의 전설적인 영웅 쿨린의 출생지인 평원.

65) 거기서: 발라와 일린이 결혼할 예정인 보인 강의 로스나리.

다람쥐 같은 눈을 지닌 노인은
몸을 말리려고 외투를 반 쯤 걸치고 있었네.

오, 방황하는 새와 골풀로 무성한 강가여!
강바람에 이 모든 것들이 울부짖으니
너흰 우리에게 매우 유치한 생각을 갖게 하네,
우리 생각에는 그저 그런 사랑은 없다네.
우리가 아는 가엾은 케이트나 낸(66)의 사랑도
오래 전에 하프 현을 일깨웠던
그 어떤 이의 불행보다 못하지 않다네.
하지만 모든 것을 아시는 이들은 알고 있지,
인생이 우리에게 줄 수 있는 것이라곤
오직 아기의 웃음, 여인의 키스인 것을.
아침저녁으로 소떼에 짓밟히고 부러진
저 잿빛 갈대숲 속에서
북풍 이리저리 몰아치며
우박과 눈 속에 움츠려들게 하는
저 가냘픈 몸짓의 새들에게
이렇게 심하게 경멸하는 그자는 누구이던가?

---

66) 케이트나 낸: 케이트는 창녀의 대명사라면, 낸은 평범한 여성의 대명사다. 참고로 윌리엄
블레이크(William Blake)의 시, 「이 세상의 하느님이신 고발자에게」("To The Accuser
Who is The God of This World") 참고 바람.

달리던 노인은 말하길, "나는 남쪽 출신으로,
'달콤한 입을 지닌' 발라에게 달려가,
일린 아가씨가 씨족들이 사는 고향의
젊은이, 늙은이들과 함께 어떻게
말을 타고 빠져나갔는지 알리려 하네.
일린의 절반 정도 밖에 예쁘지 않은 여성이
매일 그녀를 볼 수 없는 어느 곳에서
서방님을 택했었다 할지라도
온 고을이 웅성거렸을 것이기 때문에.
말 타고 그들이 조금 나아갔을 때
한 노인이 그 말머리를 잡고 말하길
'아가씨는 다시 고향으로 되돌아가서
고향사람에게 시집가야 하오."
한 청년이 일린의 손에다 입맞춤하며 외쳤지,
"'오, 아가씨, 우리들 중 한 사람에게 시집오세요.'
일린이 행한 어떤 정중한 말에도 불구하고
아무도 애처로운 안색을 나타내지 않자,
그녀는 상심한 나머지 고꾸라져 죽었네."

불쑥 튀어나온 이런저런 생각으로
마음이 흔들리고 풍비박산이 나서
연인의 마음이 기진맥진하여
진실로 좋지 않게 받아들여져

발라의 마음은 둘로 갈기갈기 찢어졌네.

푸른 나뭇가지 위에 눕히어

휘황찬란한 멋진 집에 실려 갔는데,

그 곳에 '울라의 사냥개'[67]가

청동 문기둥 앞에 앉아있었네.

얼굴을 푹 숙인 쿨린은 하프연주자의 딸과

그녀의 친구[68]의 마지막 길을 애도했네.

여러 해가 흘러 흘러갔건만

배신을 당했던 그날이면

쿨린은 항상 그들을 애도했네.

그의 눈앞 조용한 돌무덤 밑에

'감미로운 입'을 지닌 발라가 묻혀 있기에,

비록 돌을 운반하고 있었지만

아무에게도 눈물을 쏟지 않던 쿨린이

두 사람을 위해 돌무덤을 새롭게 쌓았네.

우리의 기억은 이런 저런 생각으로

가득차기 마련이어서, 우리는 알고 있지,

보지 않으면 마음도 멀어진다는 사실을.

하지만 바람에 일렁이는 잿빛 골풀과

---

67) 울라의 사냥개: 쿨린에게 붙여진 별명.

68) 하프 연주자의 딸과 그녀의 친구: 데어드라와 그녀의 연인 니셰.

굽은 부리의 잿빛 새는 오랜 기억을 갖고 있어
데어드라와 낭군을 여전히 기억하고 있네.
그래서인지 우리가 케이트나 낸과 함께
바람 많이 부는 물가를 거닐 적에,
원망하는 음성을 가슴으로 들을 수 있네.
니세가 간 길을 알고 있는 우리는
어떻게 그리 빨리 흐뭇해 할 수 있겠는가?
우리네 마음은 데어드라의
진실한 눈빛을 알고 있기에
사랑스럽고 매우 슬기로웠던 데어드라는
아, 다행스럽게도, 내 가슴은 데어드라가
얼마나 슬기로웠는지 잘 알지요.

앙상하게 야윈 저 꾀 많은 노인은
일린이 시녀들을 데리고 말 타고 갈 곳으로
이제 외투를 추슬러 걸치면서 달려갔네.
잎이 무성한 숲 속, 빛과 그늘이 공존하는 곳에
시녀들은 그 신방에 들어섰을 때
침침한 곳에 몸에 꽉 조인 속옷을
그들이 풀어줄 손을 상상했네.
마치 그들이 들려주는 음악이 사랑하는
들뜬 마음을 충분히 부드럽게 하여
천지신명만이 아시는 불행을

슬퍼하거나 상상하거나

깊이 생각하지 않길 해주기라도 하는 것처럼

의기양양하게 걷는 하프연주자들을 상상했네.

노인이 급히 외치길 "또 다른 한 사람이

더위와 추위, 바람과 파도를 피해 급히 떠났네.

뮤헤미나에 있는 시녀들은

돌을 쌓아 놓고, 그 돌 위에 영원히

변치 않는 오검문자[69]로 새겨 놓았지.

발라, 이 사람은 루리[70]의 자손이었네.

하지만 아주 먼 옛날 신들이

어떤 시녀도 펼쳐서는 안 되는

발라와 일린의 결혼 침상을 정해두었지.

'대평원'[71]의 야생벌이 군집한 곳에서

그들은 껴안고 꼭 껴안아야 하기에.

그러기에 내 발길을 재촉하는 이야기는

새로운 것이랄 수도 없네."

그가 말을 채 끝내기도 전에

사랑으로 지친 일린이 상심하자

---

69) 오검문자: 3세기경까지 쓰였던 고대 아일랜드의 문자.

70) 루리는 발라의 조상.

71) 대평원: 엥거스가 다스리는 죽은 자들의 나라이자 낙원의 나라.

노인은 웃으면서 달려가서,

그 옛날 하늘의 구름에서

어떤 신이나 왕이 법률을 제정하여

그곳에서 땅을 함께 합쳤어

목동들이 '라인의 산좌'72)라고 이름 지은

저 높은 언덕에 다다랐네.

노인은 산에 오르자 날은 저물었네.

황금사슬로 서로 묶인

두 마리의 백조73)가 노인에게 날아와,

나지막하게 속삭이며 웃는 듯 소리 내면서

바람이 이는 풀밭에 내려앉았네.

백조는 노인을 알아보았고,

노인으로 변한 외모74)는

당당한 큰 풍채에 좋은 혈색 보이며,

가벼운 날개들이

메드의 아내, 에든75)이 사랑에 사로잡혀

눈에 띄지 않는 곳에서 만들었던

---

72) 라인의 산좌: 아일랜드의 옛 렝스터 언덕의 요새로 왕들의 본거지.

73) 두 마리의 백조: 엥거스에 의해 백조로 변한 발라와 일린. 그들은 황금사슬로 서로 묶여서 엥거스가 다스리는 사자의 나라에서 영원한 사랑을 누리게 됨.

74) 노인으로 변한 외모: 노인의 행장을 했던 엥거스의 모습을 드러냄.

75) 에든은 아일랜드의 최고의 미인으로 쉬족의 왕 메드의 아내였는데, 질투가 많은 첫 부인 푸아모이가 그녀를 파리로 만들어 멀리 내쫓았음.

하프의 현 위에서 맴돌고 있었네.

내 그것들을 뭐라고 부를까?
더없이 넓은 수련 잎사귀 옆에서
아련히 빛이 머무는 곳에서
비늘과 비늘을 비비며 헤엄치는 물고기일까.
혹은 타작하는 마당에서 잊혀졌던
한 다발의 밀에 숨어 든 새앙쥐일까.
혹은 어두운 하늘에 나타난 아침 햇살이 비치는
선명한 공간에서 길을 잃은 새일까.
혹은 어쩌면 한 눈의 두 눈꺼풀일까,
아니면 한 집의 문기둥들일까.
아니면 땅 위에 그림자 하나 드리우는
아름답게 꽃피는 두 개의 사과나무 가지일까.
아니면 저 숙련된 하프 연주자가 손가락을 움직여
같은 소리를 내는 두 가닥의 현일까.
그들은 아주 멋진 벗님이 되어
끝없는 행복을 누리고 있었으니.

그들 모두는 온갖 놀라운 일을 알고 있지,
고리아스와 핀드리아스와
팔리스와 오랫동안 잊혀졌던
머러스76)의 성문을 통과하고,

대지에 밀이 생기기 이전에

큰 가마솥과 창과 돌과 칼77) 통과하기에.

파괴된 이 거리 저 거리를 방랑하다가

몸집 큰 어느 파수꾼이 머무는 곳에 이르자,

키스와 사랑으로 그들은 전율을 일으키네.

그들은 죽지 않는 존재들을 알기에

대지가 시들어 없어지는 곳을 방랑하네.

비록 큰 시냇물들을 출렁이게 하는 것은

다만 희미한 별에서 나오는 빛과

성스런 과수원의 희미한 빛뿐이지만,

그 열매는 오직 보석이나,

해님과 달님의 사과처럼 소중하네.

우리가 그들을 찬양한들 무슨 소용이 있으랴?

그들은 고요함 속에 깃든 야성을

일상의 음식처럼 상용하기에,

밤이 깊어질수록, 유리로 만든 배에 수놓인

알록달록한 가죽위에 앉아,

바람 한 점 없는 하늘 아래로,

---

76) 고리아스, 핀드리아스, 펠리아스, 머러스: 따뜻함과 빛을 상징하는 신족 투아하 다 다넨
이 아일랜드에 들여온 네 개의 신비스러운 신의 도시.

77) 가마솥과 창과 돌과 칼: 다 다넨족이 위의 신의 도시에서 발견한 네 개의 부적.

엥거스의 새들78)이 그들 위로 멀리 떠다니며,

배의 키 손잡이와 뱃머리 위로 날아다니며,

하얀 날개를 이리저리 저으면서

가벼운 바람을 이리저리 일으키면서

그들의 이불과 머리카락을 나부끼게 하네.

옛 문인들에 의하면, 시인들은

주목나무는 발라의 시신이 놓인 곳에,

사과나무는 일린의 시신이 놓인 곳에,

향기로운 꽃과 잔디로 덮여 있음을 알았네.

많은 사람들이 죽고 죽어

저 얕은 개울에서의 긴 싸움79)이 있은 후에

한층 더 좋은 시대가 도래하여

마음 착한 시인들은 신바람이 나서,

사과나무와 주목나무로 만들어진

얇은 판자 명판 위에 새겨놓았지

그들이 알았던 모든 사랑의 이야기들을.

골풀과 새가 마음껏 누리길 원하듯이,

하프연주자의 딸의 심정을 노래하도록 해요,

---

78) 엥거스의 새들: 사랑의 신 엥거스의 머리 주위에는 새들이 떠다닌다.

79) 여울에서의 긴 싸움: 타인 보 쿨란에서 쿨린과 페르디아드 간에 벌어진 싸움.

사랑하는 이여,[80] 나는 그 여인을 두려워하지 않노라.

그대가 그녀보다 훨씬 고상한 심성을 지녔기에

아무리 그녀가 바다 위를 방랑한다 하여도

그녀는 그대보다 더 슬기롭거나 사랑스럽지도 않지요.

그러나 새와 골풀이 저 두 사람을

잊었으면 나는 좋겠어. 연인들치고 아직껏

더 이상 이 지상에 존재하지 않는 그들처럼

아내를 삼고자 열망했지만 산 적은 없었으니까.

---

80) 사랑하는 이: 모드 곤을 칭하면서 최상의 여인으로 생각하고 있음을 드러냄.

고양이와 달

1926

존 메이스필드[81]에게

---

81) 존 메이스필드(1878~1967): 시인이자 소설가로 1900년에 예이츠를 처음 만난 이래로 그
    가 죽을 때까지 우정은 지속되었다. 예이츠의『옥스퍼드 현대시선집』에는 그의 시가 여
    섯 편 수록되어 있다.

고양이와 달

ㅡ

등장인물

맹인 거지

절름발이 거지

세 명의 악사들

무대. ㅡ이 무대는 성 콜맨의 우물을 연상시키는 격자모양의 병풍, 즉 무 늬 커튼이 걸려 있는 벽 앞에는 가구 하나 없는 텅 빈 곳이다. 세 명의 악 사들은 치터,[82] 드럼, 플루트를 든 채 벽 가까이 앉아 있다. 이들의 얼굴 은 가면을 쓰고 있어 서로 닮아 있다.

제1악사.　　　　　[노래하면서]

고양이는 여기저기 돌아다니고,

---

82) 치터: 티롤 지방의 현악기의 이름으로 하프의 한 종류.

달은 팽이처럼 빙빙 돌았네.

달과 아주 흡사한 종족인

기어 다니는 고양이는 올려다보았네.

검은 미날로시[83]는 달을 쳐다보았고,

제멋대로 돌아다니고 울부짖곤 했기에

하늘의 더없이 차가운 달빛이

고양이의 야성적 피를 어지럽히었네.

[*맹인 거지가 절름발이를 등에 업고서 ‒ 거지 두 사람이 등장*
한다. 그들은 기괴한 가면을 쓰고 있다. 맹인 거지는 발자국
수를 헤아린다.]

맹인 거지. 천하고 여섯, 천하고 일곱, 천하고 아홉. 성 콜맨의 성
스러운 우물을 우리는 꼭 봐야 하기에, 지금 눈여겨봐
둬. 교차로의 거지는 말하기를 그 우물은 그가 서 있
는 곳에서 천 걸음하고도 좀 넘는 곳에 있다고 했지.
지금 잘 봐두길 바라네. 자넨 우물 위에 있는 큰 물푸
레나무를 볼 수 있지?

절름발이 거지. [*내려오면서*] 아니 아직은 안 보이네.

맹인 거지. 그러면 우린 잘못 돌았던 것임에 틀림없어. 자넨 늘
변덕스러운 편이라, 오늘이 끝나기 전에 자넨 킬타탄

---

83) 미날로시: 모드 곤과 이졸트가 기른 페르시아산 검은 고양이.

	강이나 바다에 날 빠져죽게 할지도 모르지.
절름발이 거지.	난 자넬 바른 길로 데려왔지만, 눈먼 자네는 게으르고 너무 종종걸음이잖아.
맹인 거지.	이번 일은 자네가 크게 용기를 낸 것이지. 꼭두새벽부터 내 등에 자넬 업고서 큰 걸음으로 어떻게 걸을 수 있겠는가?
절름발이 거지.	교차로의 거지는 천 걸음하고도 몇 걸음 좀 넘을 때만이 맞을 거야. 거지인 자네와 나는 거지의 본성을 알지. 맹인 거지는 천성이 게을러서 한 발자국도 움직이지 않았을 것이네.
맹인 거지.	일어나세. 자넨 말이 너무 많네.
절름발이 거지.	[*일어나면서*] 하지만 평소 말했듯이, 그자는 게을러, ○○○여, 내 종아리 그만 꼬집고, 남이 내게 말을 걸어올 때까지 한 마디도 하지 않을 걸세.

[*그들은 드럼 탭에 맞추어 걸으면서, 다시 한번 무대를 돈다. 그들이 이동하는 동안에 다음과 같은 노래가 불려진다.*]

제1악사.	[*노래하면서*]
	미날로시는 예쁜 발을 들고서
	풀밭을 내달리네.
	미날로시야, 너 춤추는 거니, 춤추니 거니?
	친한 두 종족이 만나

그것보다 더 나은 것이면 춤이라고 부르는가?

궁중 양식에 싫증난

달은 새로운 회전 춤을

배울지도 모르지.

맹인 거지.   큰 물푸레나무가 보이지?

절름발이 거지.   보이고말고. 그 우물 아래에 벽, 평평한 돌, 돌 위엔 물건들이 보이지. 그곳은 마른 곳이라 무릎 끊기에 좋은 곳이지.

맹인 거지.   자넨 이렇게 내려오면 될 거야. [절름발이 거지가 내려온다.] 마음속으로 난 엄청난 바보라는 점을 명심하고 있네. 변덕스러운 말로 날 부추긴 이는 바로 자네야.

절름발이 거지.   두 눈을 되돌려달라고 성자님에게 요청할 정도인데 자네가 어떻게 대단한 바보일 수 있단 말인가?

맹인 거지.   눈먼 한 사람에겐 도움을 주면서도, 모든 이에겐 저주만 퍼붓곤 하는 일이 흔하지. 그런 행위가 한 가지만을 위한 것이 아니라면 어쨌든 중요치 않네.

절름발이 거지.   마음속에 있는 말을 죄다 털어놓아도, 자넨 날 때리지 않을 거지.

맹인 거지.   이번엔 자넬 때리지 않을 거야.

절름발이 거지.   앞으로는 자네가 대단한 바보가 아니란 이유를 나는 말할 것이네. 병아리, 길 잃은 거위, 이웃집 정원에 버려진 양배추를 구하려면, 난 자네가 외출할 때 자네 등을 올라타야 해. 거위나 병아리나 양배추가 필요하면,

	난 내 밑에 있는 자네의 두 다리를 꼭 이용해야만 해.
맹인 거지.	지금은 그 말이 맞는 말이지. 우리가 몸이 온전한 사
	람이고 다른 방식으로 산다면, 우리 사이엔 엄청난 일
	이 다시 생길 것이네.
절름발이 거지.	자넨 앞을 못 보니까, 소지품을 늘 자네 곁에 두지.
맹인 거지.	대부분 사람들은 사기꾼이자 도둑놈이지만, 내가 눈여
	겨 볼 이들도 몇 몇은 있지.
절름발이 거지.	문간에 살짝 들어서거나, 1야드 두께의 벽 위에 다리
	하나를 올리는 이를 본 사람은 없기에, 불쌍한 많은
	이들에게 자넨 내키지 않는 유혹자이네. 이런 평가는
	옳지 않다고, 전혀 옳지 않다고 나는 주장하네. 자넨
	앞을 못 보기에, 연옥에서는 심판이 지연될 불쌍한 이
	들도 있을 것이네.
맹인 거지.	절름발이여, 자넨 사기꾼이지만 자네 말이 맞을 지도
	모르지.
절름발이 거지.	우린 오늘 성자님을 만날지도 모르지. 그분을 만날 가
	능성이 있기에, 오늘 우린 은혜 입은 성자님을 만날지
	도 모르지. 비록 성한 두 다리가 대단하지만, 그분을
	만나는 것은 두 다리를 갖는 것보다 더 장한 일일지도
	모르지.
맹인 거지.	절름거리는 이여, 자넨 다시 점점 변덕스러워지네. 두
	다리를 갖는 것보다 자네에게 더 좋은 일이 무엇이 있
	겠는가?

절름발이 거지.	성자님이 그에게 귀를 기울일 것이라고 자넨 지금 생각하는가? 그리고 성모 마리아에게 드리는 기도나 라틴어 주기도문 없이, 기도 전후에 관계없이 우린 그분에게 귀 기울일 것인가?
맹인 거지.	좌우로 두리번거리는 자넨 약삭빠르고 변덕스럽지만, 사람의 마음에 관해선 자넨 모르는 점이 많네.
절름발이 거지.	차분히 생각해보면 그분은 라틴어에 대단한 애착을 가진 채 쫓겨날지도 모르지.
맹인 거지.	성자님은 기도를 전혀 이해 못하는 우리 같은 이들에게 더 기뻐하신다는 점과, 우리가 쉬운 말로 우리가 원하는 것을 가장 잘 말했다는 점을 나는 명심하지. 축일이나 주일에 우물에 무릎을 꿇는 성도들이나, 자신만큼이나 죄가 없다면 그분은 무슨 기쁨을 얻을 수 있겠는가?
절름발이 거지.	이런 걸 말하는 것은 이상한 일이지. 자넨 나나 다른 이, 혹은 눈먼 이처럼 이상한 일을 말할 것인가?
맹인 거지.	난 이상한 일을 맹인처럼 말하지. 난 내 나이 열 살 때부터 눈이 멀었기에, 세상에 대한 지식을 그 동안 난 들어서 기억한다네.
절름발이 거지.	눈먼 자네는 이런 상황을 성자님이라고 말하지. 깨끗한 우물에 사시는 그분은 죄 많은 이들에게 가장 빨리 말을 걸 텐데.
맹인 거지.	라반의 큰집에 사는 성자님에 관해서 그자가 자네에게

뭔가 얘기한 걸 고깝게 생각하는가?

절름발이 거지. 맹인 거지여, 마음에 두고 있는 것이 아무것도 난 없다네.

맹인 거지. 그자는 마이요 지방 출신의 늙은 호색한과 함께 거리를 돌아다니는 것 이외엔 무얼 하겠는가? 날 때부터 여성을 싫어한 자이네. 그들은 촛불 켜는 밤부터 햇살이 비치는 낮 동안에 무슨 얘길 하겠는가? 늙은 호색한은 지금까지 저지른 죄나 앞으로 다시는 죄를 짓지 않으리라 맹세하겠지. 라반의 그분은 호색한의 목을 치거나, 말을 못하게 그자의 입을 막으려고 애쓰시겠지.

절름발이 거지. 아마도 그분이 그자를 개과천선시킬지도 모르지.

맹인 거지. 자네가 눈먼 자의 입장이라면, 자넨 그와 같은 일을 어리석은 짓이라고 말하지는 않겠지. 그자가 아일랜드의 모든 것을 갖게 된다고 할지라도, 그분은 그 호색한을 결코 달라지겐 못할 것이네. 그자가 달라졌다면 그들은 무엇을 화젯거리로 삼을 것이며, 자넨 그 점에 대해서 지금 내게 답을 주겠는가?

절름발이 거지. 우리 사이엔 놀라운 지혜가 있지. 그건 확실해 보여.

맹인 거지. 교회에 의하면 놀라운 지혜란 훌륭하고, 멋지고, 안심을 주는 생각이라서, 모든 이들은 자신을 돌봐줄 성자님이 있을 것이네. 죄인은 더 큰 죄를 지을수록 성자님은 더욱더 기뻐하실 것이라는 점을, 눈먼 나는 세상 모든 이들에게 이 점을 알릴 것이네. 성 콜맨은 우리

두 사람에게 현재를 살아가는 우리의 모습과 다르지 않는 점을 아신다고 난 분명히 확신하네.

절름발이 거지. 예전에 말했듯이 그분은 라틴어 기도문을 아주 좋아할 것이라는 점에 대해선 양보하지 않을 것이네.

맹인 거지. 이 점은 자네와 내가 상충하는 점이 아닌가? 자넨 내 팔이 다다를 수 있는 곳에 있는가? [막대기를 흔들면서]

절름발이 거지. 눈먼 이여, 아니. 난 자네의 팔이 닿을 수 없는 곳에 있을 뿐만 아니라 접할 수도 없는 곳에 있지만, 나는 평소처럼 지껄이지.

제1악사. [넋두리하면서] 자넨 치유 받을 것인가? 다시 말하면, 은혜를 받을 것인가?

절름발이 거지. 주여! 저희들을 구하소서. 이 말씀은 성자님의 음성이지만 우린 무릎을 꿇지 않고 있습니다. [악사들은 무릎을 꿇네.]

맹인 거지. 절름거리는 이여, 그분이 우리 앞에 서 계시는가?

절름발이 거지. 난 그분을 보진 못하지만, 물푸레나무 속이나 대기 중에 계시지.

제1악사. 자넨 치유 받을 것인가? 다시 말하면, 은혜 입을 것인가?

절름발이 거지. 저기에 그분이 다시 임하신다.

맹인 거지. 난 눈이 멀어서 은혜를 입을 것이네.

제1악사. 난 외로운 성자이네. 자넨 은혜를 입겠지만 눈먼 상태는 유지한 채, 늘 우리와 함께 있을 것인가?

맹인 거지.	아닙니다, 아닙니다. 존경하는 성자님, 제가 택해야한 다면, 난 볼 수 있는 두 눈을 선택할 것입니다. 눈을 가진 자들은 항상 나의 물건을 훔칠 것이며, 내게 거짓말을 할 것이며, 내 주위에 이런 자들이 몇 몇 있을 지도 모르기 때문입니다. 성자님이여, 두 눈으로 볼 것을 요청하는 저를 나무라지 마시길 바랍니다.
절름발이 거지.	이런 생각이 그의 머리에 꽉 차 있기에, 아무도 그를 강탈하거나, 거짓말을 못하게 할 것이네. 내가 그의 양을 훔쳤다고 생각하기에 그는 온종일 날 헐뜯겠지.
맹인 거지.	머리엔 양가죽 코트의 촉감으로 가득하지만, 내 양은 검다고 사람들은 말하지. 성자님이여, 그자는 자신의 양가죽이 가장 아름다운 흰 양모로 만들어져, 보는 것 으로도 즐거움이라고 그자는 내게 말하지.
제1악사.	절름거리는 이여, 자넨 치유 받거나 은혜 입을 거야?
절름발이 거지.	은혜를 입는다는 것은 어떤 의미입니까?
제1악사.	은혜 입은 성자들이나 순교자들과 같은 부류에 속할 것이네.
절름발이 거지.	지금 사람들이 명부 한 권을 갖고 있다면, 그 책 안에 은혜 입은 이들의 이름을 기입하는 것은 사실이지 않 습니까?
제1악사.	그 명부를 여러 번 보아왔고, 자네 이름도 그 안에 수 록되어 있을 것이네.
절름발이 거지.	내 밑에 두 다리를 갖는 것은 대단한 일이지만, 명부

	에 내 이름을 수록하는 것은 더 대단한 일이라는 생각이 듭니다.
제1악사.	더 중차대한 일이 될 것이네.
절름발이 거지.	성자님이여, 전 다리가 불편한 채, 은혜를 받을 것입니다.
제1악사.	성자와 성령의 이름으로, 나는 눈먼 자에겐 보게 하고, 절름거리는 자에겐 은혜를 입을 수 있게 할 것이네.
맹인 거지.	지금 그 모든 것, 즉 푸른 하늘과 큰 물푸레나무, 우물과 평평한 돌, 다시 말하면 난 사람들이 말하는 것, 귀로 들은 모든 것－기도하는 이들이 돌 위의 것들, 염주, 촛불, 찢어진 기도서의 낱장, 머리핀, 단추를 나는 보네. 이런 광경은 대단하고 은혜 입은 광경이지만, 성자님이여, 전 당신을 볼 수가 없습니다. 당신은 저 큰 나무의 위에 계시는 것입니까?
절름발이 거지.	아니, 그분은 자네 앞에 계시거나, 주름진 얼굴을 한 채 계시지.
맹인 거지.	어디, 어디를 말하는 거야?
절름발이 거지.	아니 저기, 자네와 물푸레나무 사이에 계시지?
맹인 거지.	저기엔 아무도 없어. 자넨 다시 거짓말을 하지.
절름발이 거지.	난 은혜를 입었기에, 그런 연유로 성자님을 볼 수 있지.
맹인 거지.	하지만 내가 성자님을 못 본다면, 그분 외에 다른 걸 보겠지.

절름발이 거지. 푸른 하늘과 신록은 참으로 멋진 광경이고, 오랫동안 눈이 먼 이들에게는 이상하리만치 멋진 광경이겠지.

맹인 거지. 이것보다 더 이상한 광경이 있는데, 그것은 자네 등 위에 있는 내 검은 양가죽이네.

절름발이 거지. 내 양가죽은 자넬 현기증이 나게 할 정도로 아주 하얗다는 것을 아침부터 자네한테 말하지 않던가?

맹인 거지. 자넨 그 말에 압도되어 내가 두 눈을 갖게 된다면, 어떤 색상으로 볼 것인지 자넨 생각치도 못했지?

절름발이 거지. [매우 풀이 죽은 채]. 난 그것을 생각해 본 적이 없네.

맹인 거지. 자넨 그렇게도 변덕스러운 거니?

절름발이 거지. 난 아주 변덕스럽지. [기운내면서] 하지만 나는 은혜를 못 받지 않았나? 은혜 입은 이들을 비난하는 것은 죄악이겠지?

맹인 거지. 글쎄, 나는 은혜 입은 이들을 험담할거야. 난 내가 할 수 있는 것보다 더 많은 것에 관해서 자네를 욕할 것이네. 그러는 사이에 자넨 그 방법을 말해주겠지. 내가 두 눈을 갖게 된다면, 여기에 있는 닭과 저 곳에 있는 거위를 살 수 있을 것이고, 이웃들이 자는 동안에 내가 무엇을 생각하는지 자넨 알겠지?

절름발이 거지. 이건 어느 사악한 눈먼 자의 생각이라고.

맹인 거지. 그건 사악한 맹인의 생각이며, 그런 생각이 나에게서 완전히 사라진 것은 아니네. 난 길고 강하고 육중한 팔이 있다고 말하지. 내가 두 눈을 되찾게 된다면, 어딜 때릴지 난 알겠지.

절름발이 거지. 나에게 폭력을 행사하지 마. 사십년 동안 우린 함께 길을 헤매었고, 난 자네의 영혼을 치명적으로 몰고 가진 않았네.

맹인 거지. 난 어느 곳을 치고, 어떻게 때리고, 누구를 칠지 생각할 것이라고 다짐해왔지.

절름발이 거지. 자넨 내가 은혜를 입었다는 점을 모르고 있나. 자넨 시저, 헤롯, 네로 같은 고대의 사악한 황제들만큼이나 잔학무도한가?

맹인 거지. 하느님의 사랑을 얻으려면, 난 그를 어디에서 때리지? 그를 어디에서 때리지?

[맹인 거지는 절름발이 거지를 때린다. 때리는 모습이 춤의 형태를 띠며, 이어서 드럼과 플루트 소리가 들린다. 맹인 거지는 밖을 나간다.]

절름발이 거지. 성자님이여, 이 자는 길을 잃은 영혼입니다.

제1악사. 아마 그런 것 같네.

절름발이 거지. 성자님이여, 전 떠나는 것이 좋겠습니다. 그자는 날 비난하려고 온 마을 사람들을 들쑤셔놓을 것이기 때문입니다.

제1악사. 그런 짓을 하고도 남을 작자이지.

절름발이 거지. 난 은혜를 입은 일에 더 익숙할 때까지, 심지어 난 저

자신을 순교자들과 성스러운 고백을 한 자들과 비교할
생각은 추호도 없습니다,

제1악사. 자네 좀 엎드려라.

절름발이 거지. 성자님이여, 왜 엎드려야합니까?

제1악사. 내가 자네 등에서 일어서려고.

절름발이 거지. 하지만 불구의 제 두 다리는 성자님의 몸무게를 견디
지 못할 것입니다.

제1악사. 난 지금 일어나고 있어.

절름발이 거지. 난 성자님을 손으로 더듬지는 않을 것입니다.

제1악사. 난 메뚜기 한 마리 무게도 안 되네.

절름발이 거지. 정말 무겁지 않네요.

제1악사. 자넨 흡족한가?

절름발이 거지. 제가 분명 은혜를 입었다면, 저는 흡족할 것입니다.

제1악사. 자넨 내게 친구 한 사람 소개시켜준 적이 없지 않은가?

절름발이 거지. 성자님에겐 전에 소개시켜 드렸습니다.

제1악사. 그 후로 자넨 이미 은혜를 받은 거야.

절름발이 거지. 사람들이 그 명부에 저 이름을 올리는 것을 성자님은
볼 것입니까?

제1악사. 나중에 내가 알아볼 것이네.

절름발이 거지. 성자님이여, 우리 떠나시죠.

제1악사. 하지만 자넨 그 길을 축복해야만 하네.

절름발이 거지. 전 상황에 어울리는 적절한 말을 할 줄 모릅니다.

제1악사. 자넨 왜 말이 필요한가? 자네 앞에 있는 것에 머리를

숙여라. 자네 뒤에 있는 것에도 머리를 숙여라. 자네 좌우에 있는 것에도 머리를 숙여라. [*절름발이 거지는 머리를 숙이기 시작한다.*]

제1악사.	그건 아무 소용이 없는 일이야.
절름발이 거지.	성자님이여, 왜 아무 소용이 없습니까?
제1악사.	아무 소용이 없지. 자넨 춤춰야 하니까.
절름발이 거지.	하지만 다리를 절름거리는 주제에, 제가 어떻게 춤을 출 수 있겠습니까?
제1악사.	자넨 은혜를 입었지 않은가?
절름발이 거지.	아마 그럴지도 모르겠습니다.
제1악사.	자넨 기적을 일으키지 않은가?
절름발이 거지.	성자님이여, 저는 기적을 일으키는 자 입니다.
제1악사.	그렇다면 춤을 춰봐. 이 일은 기적을 일으키는 일이 될 것이네.

[*절름발이 거지는 처음에는 어설프게 추기 시작했지만, 지팡이를 짚고 이리저리 움직이더니, 나중에는 이를 버리고, 더욱 빠르게 춤춘다. 그자가 절뚝거리면서 강하게 땅을 구를 때마다, 심벌즈는 부딪히면서 쾅쾅 소리를 울린다. 그가 춤추면서 퇴장하자, 그 이후에 제1악사의 노래가 이어진다.*]

제1악사.	[노래하면서]
	미날로시는 잔디를 지나

달빛어린 이곳저곳 살금살금 기어다니네.
머리 위의 신성한 달은
새로운 상(相)을 취했네.
고양이의 두 동공이
초승달에서 보름달로,
보름달에서 초승달로
끝없이 변해가는 것을
미날로시는 알아차린 것인가?
미날로시는 젠체하며 똑똑한 척
혼자 풀을 헤치고 기어다니면서,
계속 바뀌는 달을 따라가면서
변해가는 두 눈을 쳐든다네.

『존 셔먼』과 『도야』에 대하여

　『존 셔먼』과 『도야』는 '간코나'(Ganconach)라는 필명을 가진 이가 쓴 작품이다. '간코나'는 사랑을 공개적으로 논하는 '사랑 공론가'이며 아일랜드의 늙은 요정이다. 『존 셔먼』과 『도야』는 익명 도서 프로젝트의 일환으로 영국 런던에서 익명 도서 시리즈로 T. 피셔 언윈에 의해, 미국에서는 카셀 출판사에 의해 1891년에 출판되었다. 이 책은 현실적인 문제를 다룬 단편소설인 『존 셔먼』과 신화를 바탕으로 한 짧은 소설인 『도야』로 구성되어 있다. 『존 셔먼』은 책 제목이자 주인공 이름이다. '존 셔먼'이 런던과 아일랜드 서북부의 도시인 '발라' 사이를 오가면서 사랑하는 이를 선택하는 갈등을 다룬 작품이다. 『도야』도 건장한 사내 인간이 요정과 사랑에 빠졌다가 체스 내기에 패하자 속절없이 떠나보낸다는 내용이다. 『존 셔먼』과 『도야』는 1908년에 7권으로 된 『예이츠 전집』 발행의 일환으로 『초기 두 작품』이란 부제가 붙어서 재출판 되었다(McCready, *A William Butler Yeats Encyclopedia* 204).

　이들 두 작품의 플롯을 더 자세히 알아보면, 『존 셔먼』은 5부로 이루어진 소설이다. 주인공 존 셔먼은 예이츠의 분신으로 우유부단한 성격의 소유자이다. 주인공은 아일랜드 서북부의 '슬라이고'인 '발라'를 주 배경으로 나름대로 별 불만 없이 빈둥거리는 좀 게으른 청년이다. 그는 어머니와 함께 살면서, 그의 유일한 혈족인 삼촌이 편지로 런던에 와서 삼촌의 선박 사무실에 근무하면서 업무를 익힐 것을 권하는 편지를 받는다. 삼촌이 돌아가시면 존 셔먼은 상속도 예상하고 있다. 런던으로 가는데 하나의 걸림돌이 있다면 그것은 스스럼없는 친구로 지내는 '메어리 카튼'이라는 여성과 떨어지는 일이다. 그녀는 발라의 모든 이의 상담자이자 특히 존 셔먼에게는 독서로 맺어진 가장 절친한 친구이다. 런던 결행을 주저하던 셔먼은 심정적이 아니라 이성적인 판단을 한 메어리의 권유로 런던으로 가게 된다.

런던에서 메어리와는 모든 면에서 다른, 묘령의 부잣집 숙녀 '마가렛 리랜드'를 만나면서 급기야 약혼까지 하게 된다. 존 셔먼은 약혼을 메어리 카튼에게 알리려고 편지 대신에 몸소 발라에 간다. 약혼을 알리자 메어리 카튼은 거의 실신 상태에 이르지만, 가까스로 평정심을 되찾는다. 두 사람은 아주 어색하게 헤어진다. 하지만 존 셔먼은 마가렛 리랜드와 사귀면 사귈수록 서로 간에 취향이나 생각이 맞지 않음을 확인하면서 갈등을 겪는다. 그러던 차에 셔먼은 교구에서 실직된 대리 목사이자 친구인 '윌리엄 하워드'를 런던의 집으로 초대한다. 이에 즉각 응하면서, 셔먼 어머니의 달갑지 않은 반응에도 불구하고 아들의 강력한 주장으로 하워드는 런던 집에 함께 살게 된다. 그러는 사이에 존 셔먼과 윌리엄 하워드는 셔먼의 약혼자 마가렛 리랜드와 함께 테니스를 치면서 더욱 가까워진다. 그 사이에 셔먼은 일로 바쁘고, 윌리엄 하워드는 글쓰기가 여의치 않을 때에는 더 자주 마가렛 리랜드를 만난다. 두 사람이 만나면 존 셔먼을 두고 서로의 의견을 교환하면서 특히 리랜드가 셔먼에 대한 불평을 늘어놓으면 하워드는 그녀를 위로하고 격려한다. 그러는 사이에 결정적으로 두 사람은 서로에게 천생연분임을 확인한다. 친구 셔먼에게는 배신행위이지만 서로를 위한 어쩔 수 없는 결정임을 인정하고 자위하면서 그들은 결혼하기로 한다.

그간 좌고우면하면서 갈등을 겪던 존 셔먼은 이를 파혼의 절호의 기회로 삼는다. 그래서 셔먼은 자신의 취향에 맞는 메어리 카튼에게 사랑을 진심으로 고백하고 용서를 빈다. 그녀는 "지금 저와 당신 — 우리는 더 이상 서로에게 해줄 것이 없습니다"(113)라고 주장하면서, 어릴 적부터 차곡차곡 정리해둔 편지뭉치들을 난롯불에 던져 모두 태운다. 이에 상황이 어쩔 수 없음을 단념하고 정처 없이 방황한 셔먼은 돌무더기 케른 주위를 헤매다가 새벽녘에야 집으로 돌아오는 길에 메어리 카튼이 사는 사제관에 불이 켜진 것을 보게 된다. 메어리는 아직도 기도 중임을 알게 된다. 소설은 좀 갑작스러운 결말에 이른다. 메어리는 셔먼의 손을 잡고서 이런 일을 자초한 것이 먼저 "당신(존 셔먼)이 잘못 처신했어요 . . . 하지만 그건 저(메어리 카튼)의 너무 지나친 자만심 아니 지나친 어리석음"(119)이었다고 자책하면서 화해한다. 앞으로의 모든 일은 하나님에게 맡기고 결혼의 사를 밝힌다. 메어리 카튼은 마치 존 셔먼을 어린 애를 품에 안은 어머니처럼 생각하면서 그를 받아들인다.

이 소설은 예이츠의 전기적인 요소가 반영된 점을 확인할 수 있다. 무엇보다 '발라'는 예이츠의 어릴 적에 많은 시간을 보낸 외가가 있던 곳으로 아일랜드의 서북쪽 '슬라이고'이다. 익히 알려진 바와 같이 슬라이고는 그의 마음의 고향이자 안식처이다. 자전적인 요소의 구체적인 예로, '슬라이고'가 이 소설의 주요 배경이며, 그가 젊은 시절에 보냈던 런던의 장면은

'해머스미스'라는 것을 금방 알 수 있다. '심지가 깊은 집안'은 폴렉스 미들턴 집안에 영감 받은바 커 보인다. 또 그의 첫 애인인 연상의 '로라 암스트롱'(Laura Armstrong)과 문학적 취향이 같은 '캐서린 타이난'(Katharine Tynan)의 모습과 흔적도 확인할 수 있다(Foster, *W. B. Yeats: A Life I: The Apprentice Mage 1865-1914* 68). 아울러 이 소설에는 인구에 많이 회자되는 예이츠의 「호수섬 이니스프리」의 전개 과정이 소상히 드러나 있다(92-3).

『도야』는 예이츠가 이 소설을 쓰기 시작하기 전부터 쭉 관심을 가지면서 수집한 아일랜드의 신화, 민담, 전설에 영감을 받아 지은 아주 짧은 콩트 길이의 소설이다. 3부로 구성되어 있다. '도야'라는 힘세고 건장한 청년과 요정 간의 꿈같은 사랑 이야기다. 예이츠는 『자서전』에서 "현인, 마법사, 시인 놀이를 시작했다"고 회고한다(*A* 64). 또 그는 "신비를 추구하는 저의 삶은 저의 모든 행동과 생각 그리고 글쓰기의 중심이며, 마법연구는 저의 삶에서 시 다음으로 가장 중요한 추구대상"(*L* 210)이라고 그는 천명하면서 신비주의를 비중 있게 여겼다. 그가 왜 이렇게 마법연구와 신화, 민담, 전설에 심취했는지 짐작할 수 있다. 그는 이를 통해서 정치가 아니라 더 유구한 아일랜드의 문화와 예술을 통해서 영국을 극복하고자 애쓴 '문화민족주의자'이었다. 또 우리는 그가 이런 자료를 수집하면서 미래의 대문학가가 될 '수련기의 마법사'의 모습을 짐작할 수 있다. 이 소설에서도 사랑을 갈구하는 젊은이의 간절한 소망과 갈등이 잘 반영되어 있다. 모드 곤을 처음 만나면서 "내 삶의 동요가 처음 시작되었다"(*Memoirs* 40)는 예이츠의 실토처럼, 모드 곤에게 여러 번에 걸친 청혼과 거절당한 경험은 그에게 많은 시련을 안겨주었다. 하지만 이루지 못한 사랑이 그가 많은 주옥같은 시를 쓴 계기도 되었다. 1891년에 처음 출판되고, 1908년 『예이츠 전집』이 재출판 되었을 때, 이 두 작품을 읽어본 예이츠가 수정 없이 출판에 동의한 점은 그가 이 작품의 내용에 흡족했다는 증거일 것이다. 『존 셔먼』을 통해서 자신에 알맞은 결혼 상대자를 선택하는 일이 W. B. 예이 츠에게 얼마나 어렵고 절실했는지를 유추할 수 있다. 우리는 꿈과 비전을 끝까지 포기하지 않은 그가 왜 스스로 '최후의 낭만주의자'로 자처했는지를 충분히 가늠할 수 있다.

아울러 두 소설에서 장소를 자주 언급하는 것은 의미 있는 일이다. 물론 장소는 추억을 불러일으키는 면이 있지만, 특히 장소는 언어와 더불어 탈식민주의 관점에서는 중요한 관심사들 중 하나이다. 장소는 피식민 지인이 식민지배자에 저항하는 수단으로 작용하면서 영향을 끼칠 수 있다. 이를 테면, '게이트 오브 더 윈드'(The Gate of the Wind)라는 '바람의 문'은 '큰 소리를 내면서 솟아오르는 폭포'를 연상시켰다. 그 이름은 오래된 게일어 이름이었다(92). '레드 카타랙트'(122)는 슬라이고의 글렌카 폭포를 연상시키고, '불벤산'(123)과 '이니스프리'(92-3)를 직접 언급하는 등 예이츠가 마음의 안식처인 '슬라이고'에 얼마나 깊은 애착을 갖고 이를 영원히 간직하고 싶어 했는가의 반증일 것이다. 이 소설에서 거론되는 아일랜드 장소들은 예이츠 자신이 친숙하고 사랑했던 슬라이고의 지명들로, 아일랜드에 대한 깊은 애정과 동경의 심정을 잘 반영한다.

끝으로, 이들 두 작품에서 언급되거나 암시된 시편들의 주요 부분을 번역과 함께 원문을 수록했다. 「호수섬 이니스프리」(92-3), 「빼앗긴 아이」, 「샐리 가든 옆을 지나」, 「방랑하는 엥거스의 노래」(134), 「불벤산 기슭에서」(123), 「술노래」(140)를 연상시키는 장면을 만날 수 있다. 그래서 여기에 언급되거나 암시된 시편들의 주요 부분을 번역과 함께 원문을 수록했다.

■ 참고문헌

Albright, Daniel. *W. B. Yeats: The Poems*. London: J. M. Dent & Sons Ltd, 1990.

Conner, Lester I. *A Yeats Dictionary*. Syracuse: Syracuse UP, 1998.

Foster, R. F. *W. B. Yeats: A Life I: The Apprentice Mage 1865-1914*. Oxford and New York: Oxford UP, 1997.

Jeffares, A. Norman. *A New Commentary on the Poems of W. B. Yeats*. London: Macmillan, 1984.

McCready, Sam. *A William Butler Yeats Encyclopedia*. Westport, Connecticut: Greenwood Press, 1997.

W. B. Yeats. *Autobiographies*. London: Macmillan, 1956. (*A*)

———. *The Letters of W. B. Yeats*. Ed. Allan Wade, London: Rupert Hart-Davis, 1954. (*L*)

———. *Memoirs*. New York: Micmillan, 1973.

『발라와 일린』에 대하여

━━━

먼저 이 작품의 제목을 읽는 방법은 게일어라 논자에 따라 다양하여 『예이츠 사전』(*A Yeats Dictionary*)에 의거하여 발라(Balie)와 일린(Aillinn)으로 읽기로 한다. 『발라와 일린』(*Balie And Aillinn*)은 고대 아일랜드 이교도 시대의 신화와 전설을 바탕으로 한 총 270행의 시편이다. 이 시는 예이츠가 모드 곤과 이루지 못한 사랑을 사후에라도 사랑을 성취하려는 예이츠의 열망이 반영된 초기의 낭만적 설화시이다. 분위기와 전체적인 줄거리는 모드 곤과의 애달픈 사연과 매우 흡사하다는 점에서 자전적인 면이 있어 흥미롭다. 아일랜드 신화를 변용한 이 설화시는 예이츠 자신의 못 이룬 사랑의 소망이 담긴 시이다. 이 작품은 주인공들이 사후결합이라도 이루려는 희원을 다루고 있다. 작품 맨 앞에 제시된 개요를 읽어보면 W. B. 예이츠와 모드 곤 간의 이루지 못한 사랑의 아픔을 이 시가 잘 대변함을 짐작할 수 있다.

『예이츠 사전』(*A Yeats Dictionary*)에 따르면, 발라는 일린과 더불어 아일랜드 신화 관련 작품들 중에서 가장 불운한 연인들로 널리 알려진 한 쌍이다. 레이디 그레고리는 예이츠에게 자신의 『뮈헤미나의 쿨린』(*Cuchulain of Murrwtheme*)을 언급하면서 다음과 같이 편지를 보냈다. "그(발라)는 루리의 종족이었으며, 자신에게 속하는 영토는 거의 없었지만, 얼스터 지방의 후계자였다. 그를 보는 사람들마다 그를 사랑했으며, 그는 말을 너무나 감칠

맛 나게 잘 해서, 사람들은 그를 '꿀 같은 입'을 지닌 발라로 불렀다, 연인 일린을 만나기로 예정된 발라는 뮤헤미나의 평원을 거쳐서 아운(Emian)에서 그녀와 합류하기로 되어 있는 해변으로 출발했다. 거기에서 험상궂은 얼굴의 낯선 사람이 다가와서 발라에게 애인 일린의 죽음을 알리자, 발라는 상심하여 죽게 된다. 비참한 운명에 처한 일린에게도 같은 일이 일어났다. 이 연인들이 만나기로 된 그 해변은 발라의 해변으로 유명하다. 그 해변은 쿨린이 파도와 싸움을 한 바로 그 장소이다(12-13).

또 『예이츠 백과사전』(*A William Butler Yeats Encyclopedia*)에 의하면, 고향의 젊은이들의 관심을 따돌린 일린은 얼스터 지방의 왕위 계승자이며 부난의 아들인 발라에게 사랑에 빠진다. 양쪽 가족은 이들의 결합을 반대했지만, 이 연인들은 집을 떠나서 둔 디알안(Dun Dealan) 근처인 뮤헤미나에서 만날 예정이었다. 그는 말을 너무나 감미롭게 해서 '감미로운 입의 소유자'로 알려져 있다. 발라가 뮤헤미나로 가는 길에 한 낯선 사람이 접근한다. 발라가 일린을 만날 수 없어서 죽었다는 소식을 듣자, 일린이 크게 상심한다. 그 이후 낯선 사람이 일린을 찾아가서 발라가 죽었다는 소식을 전하자, 일린도 상심하여 죽는다. 발라는 발라의 해변에 묻히고, 그의 무덤에는 주목나무를, 일린의 무덤에는 사과나무를 각각 심었다. 나중에 시인들이 두 나무의 가지를 꺾어서, 타라 지역에 가져왔다. 거기에서 이 나무들은 잎이 함께 자라면서 분리될 수가 없는 하나의 나무가 되었다. 예이츠에 의하면, 발라와 일린에게 접근한 낯선 사람은 사랑과 젊음과 시의 신 엥거스(Aengus)였다. 이 신은 티르 나 녹(Tir-nan-Oge)에서 이 여인들이 죽은 후에 결합되길 소망했다(8-9).

예이츠는 기회 있을 때마다 "민족의식 없이는 위대한 문학이 있을 수 없다"고 역설해왔다. 그는 "아일랜드 인들이 조국을 떠나 아무리 멀리 떨어져 있어도, 그들이 익히 알고 있는 설화와 역사에 담긴 아일랜드 강산의 이미지를 선명하게 떠올리게 함으로써 여전히 자기 고향에 있는 것 같은 일체감 내지 민족의식을 갖게 하는 것이 예술가들의 의무라는 것이다"(이세순 404). 도널드 피어스(Donald Pearce)도 이 점에 다음과 같이 동의하고 있다. "나는 우리의 작가들과 많은 유형의 장인들이 이 나라의 역사와 전설들에 정통하고, 그들의 기억에 산과 강의 모습을 고정시켜 그것 모두가 그들의 예술 속에서 다시 보이게 하고 싶다(16)." 그리고 스톡(A. G. Stock)에 따르면, "그의 시가 아일랜드의 혼을 다시 일깨워야 한다는 것이 하나의 분명한 큰 꿈이었다"(65)고 강조한다. "예이츠는 나아가 생생하게 되살려낸 전설과 역사에서 삶에 뿌리박은 선명한 이미지를 창조함으로써, 아일랜드의 민족정신과 문화가 유럽세계가 공유했던 통합된 의식과 공통 이해 속에 회복될 수 있으리라고 믿었다"(이세순 404). 이 시는 "예이츠 자신의 사적인 삶의 묘사일 뿐만 아니라 그의 민족혼이 담긴 조국 아일랜드의 전반적인 묘사이기도 하다. 따라서 이 설화시는 시인의 자전적인 측면에서 그의 삶과 사랑에 대한 사적인 넋두리로 봐서는 안 된다. 독자들은 이 시의 행간에 숨겨진 그의 투철한 민족정신을 읽어내야 할 것이며, 그것은 다름 아닌 오랜 가난과 압제에 처한 국가의 독립과 민족의 해방을 꿈꾸는 아일랜드 사람들의 구세주신앙이다. 그리고 이것은 죽음을 무릅쓴 영웅적 희생정신을 요구하는 일이다"(425)라는 이세순 교수의 혜안에 전적으로 동의한다. 허버트 하워쓰(Herbert Howarth)에 따르면, 예이츠는 일찍이 아랍인들의 독립을 위하여 싸웠던 로렌스(T. E. Lawrence)처럼 아일랜드 인들을 압제자 영국으로부터 구출하는 영웅이 되고 싶어 했다(116-17).

■ 참고문헌

이세순, 「「발라와 일린」: 신화의 창조와 변용」. 『W. B. 예이츠 시 연구 II』(2009).
　　401-37, 서울: L. I. E. - Seoul.

Albright, Daniel. *W. B. Yeats: The Poems*. London: J. M. Dent &Sons Ltd, 1990.

Conner, Lester I. *A Yeats Dictionary*. Syracuse: Syracuse UP, 1998.

Howarth, Herbert. *The Irish Writers 1880-1940: Literature Under Parnell's Star*.
　　London: Rockliff, 1958.

Jeffares, A. Norman. *A New Commentary on the Poems of W. B. Yeats*. London:
　　Macmillan, 1984. (*NC*)

McCready, Sam. *A William Butler Yeats Encyclopedia*. Westport, Connecticut:
　　Greenwood Press, 1997.

Pearce, Donald R. Ed. *The Senate Speeches of W. B. Yeats: The Poet*.
　　Bloomington: Indiana Up, 1960.

Stock, A. G. *W. B. Yeats: His Poetry and Thought*. Cambridge UP, 1961.

W. B. Yeats. *The Collected Poems of W. B. Yeats*. London: Macmillan, 1978.

『고양이와 달』에 대하여

『고양이와 달』(*The Cat and The Moon*)은 예이츠가 쓴 단막 희극이다. 1917년에 쓰였지만 1924년에야 출판되었다. 이 작품은 『고양이와 달과 몇몇 시편들』(*The Cat and the Moon and Certain Poems*)에 포함되어 있다. 그 후에 이 작품은 『바퀴와 나비』(*Wheels and Butterflies*)(1934)로 출판되었으며, 존 메이스필드(John Masefield)에 헌정되었다. 『예이츠 극작품 전집』 (*The Collected Plays of W. B. Yeats*)(1934, 1952)에도 출판되었다. 예이츠는 『무희를 위한 네 개의 극작품』(*Four Plays for Dancers*)(1921)에 일본극 교겐 (Kyogen)의 양식에 따라(*VPL* 805) 쓰인 이 희극을 포함시킬 계획이었지만, 이에 반하는 결정을 했다. 이 극에서 두 거지인 절름발이 거지와 맹인 거지는 신체적인 결함이 치유되길 소망하면서, 성 콜맨(St. Colman)을 기리는 성스러운 우물로 순례의 길을 나선다. 세 악사들의 한 사람이 성 콜맨의 말씀을 전하면서, 이들에게 축복받는 일, 즉 결함 있는 신체에 은혜 입는 일을 제안한다. 변덕스러운 맹인 거지는 두 눈으로 볼 수 있는 능력을 선택하지만, 절름발이 거지는 불구의 상태를 감내하면서 은혜를 입는다. 맹인 거지는 볼 수 있게 되었지만, 절름발이 거지를 때린 후 본인의 길을 가버린다. 성자는 절름발이 거지의 등에 올라타자, 춤을 추도록 권한다. 절름발이 거지는 기적같이 움직이기 시작하더니 본인의 지팡이를 버리고, 무대 주위에서 즐겁게 춤을 춘다.

이 극은 합창으로 시작해서 합창으로 끝난다. 이 작품의 처음과 끝에 등장한 고양이인 미날로시는 모드 곤이 키웠던 고양이이다. 이 극작품은 어네스트 페놀로사(Ernest Fenollosa)의 작품 중에서 유일하게 교겐(Kyoken) 『키카주 자토』(*Kikazu Zato*) 작품에 많은 영향을 받은 것 같다. 이 작품은 맹인 거지와 절름발이 거지가 서로에게 짓궂은 장난을 한다는 내용이다. 존 밀링턴 싱(John Millington Synge)의 『성자들의 우물』(*The Well of the Saints*)도 또 다른 문헌의 출처가 된 작품이다. 하지만 예이츠는 이 작품에 대한 메모에서 절름발이 거지와 맹인 거지가 치유 받으려고 성 콜맨의 우물(St. Colman's Well)로 향하는 정도로 어렴풋이 언급한다. 자서전의 일부분인 『등장인물들』(*Dramatis Personae*)(*A* 401)에서 예이츠는 이 작품을 조지 무어(George Moore)와 에드워드 마틴(Edward Martyn) 간의 우정을 다소 비판적으로 극화했다고 주장한다. 더블린 연극계는 이 작품을 애비극장에서 1926년 5월에 공개하면서 첫 상연했다. 등장인물은 다음과 같다. 맹인 거지 역은 마이클 돌란(Michael J. Dolan), 절름발이 거지 역은 오고만(W. O'Gorman), 세 악사들은 존 스테펜슨(John Stephenson), 모란(T. Moran), 레녹스 로빈슨(Lennox Roninnson)이다. 예이츠가 이 극작품에 총괄책임을 맡고, 레녹스 로빈슨이 감독을 했다(Sam McCready, *A William Butler Yeats Encyclopedia* 71-2).

다니엘 올브라이트(Daniel Albright)에 의하면 1917년에 예이츠가 지은 희곡 『고양이와 달』은 맹인이 절름발이 성인을 업고 다니는 이야기이다. 여기서 맹인은 자아인 곧 육신이며, 성인은 반자아인 곧 영혼의 상징이다. 둘은 고양이와 달처럼 상반되면서도 통합되는 관계이다. 이 희곡은 자아와 반자아가 하나로 된다는 줄거리이다. 예이츠는 희곡 서문에서 고양이 눈동자가 달의 변화에 따라 움직이는 현상을 인간이 자신의 반대되는 인간상을 늘 추구하는 것과 같은 것으로 해석한다. 고양이를 보통 사람, 달을 그가 항상 추구하는 반대되는 사람으로 생각한 점이 그의 견해이다 (595-96).

이 단막극에서 맹인 거지와 절름발이 거지는 서로 상반되는 성격뿐만 아니라 각자 모순된 요소들을 내포하고 있다. 윤기호 교수는 「진지한 희극『고양이와 달』연구」에서 "제목에도 달이라는 단어가 들어가 있지만 이 극은 '월상'(月相)을 비롯한『비전』(*A Vision*)에 담긴 예이츠 고유의 철학과 관련된 상징주의로 인해 단순한 유머로 해석하기를 주저하게 된다"(255)는 점에 주목하게 된다. 아울러 고양이와 달은 극작품 전체에서 보면 서로 간에 보완해주면서도 상반되는 관계에도 유의한다. "육체를 상징하는 절름발이 거지는 모든 내재적 한계에도 불구하고 자신과는 반대되는 존재이자 영적 환희의 가능성을 상징하는 성자와 결합하기를 선택함"(윤기호 260)에도 유념하게 된다. 이 희극을 예이츠 식으로 이해하면 성자가 반자아인 절름발이 거지와 결합함으로써 '존재의 통합'을 이룩한 것으로 볼 수 있다. 이런 점에서 이 작품은 예이츠의 독특한 철학이 녹아 있어 흥미를 자아내는 극작품이라 할 수 있다. 끝으로, 같은 제목의 「고양이와 달」("The Cat and the Moon") 시편도 부록에 함께 실어서, 독자의 이해를 돕고자 한다.

■ 참고문헌

윤기호. 「진지한 희극『고양이와 달』 연구」. 『한국예이츠저널』 53 (2017): 253-273.

Albright, Daniel. *W. B. Yeats: The Poems*. London: J. M. Dent & Sons Ltd, 1990.

W. B. Yeats. *Autobiographies*. London: Macmillan, 1956. (*A*)

_____. *The Collected Plays of W. B. Yeats*. London: Macmillan, 1952.

_____. *The Variorum Edition of the Plays of W. B. Yeats*. Ed. R. K. Alspach. London: Macmillan, 1966. (*VPL*)

부록

—

작품에 직접 언급되거나 암시되는 시편들

호수섬 이니스프리

—W. B. 예이츠(1865~1939)

나 이제 일어나 가려네, 이니스프리로 가려네.
나뭇가지 엮어 진흙 발라 작은 오두막 지으리,
그곳에 아홉 이랑 콩밭 갈고, 꿀벌 한 통 치며,
벌 소리 요란한 숲 속에서 나 홀로 지내리.

그곳에서 나는 평화를 누리리니, 평화가 천천히
아침 베일에서 귀뚜라미 우는 곳으로 방울져 떨어져,
한밤은 온통 가물가물한 빛, 한낮엔 보랏빛 광채,
저녁엔 홍방울새 날개 소리 가득한 곳이기에.

나 이제 일어나 가려네, 밤이나 낮이나 항상
호수물 기슭에 나지막이 철썩대는 소리 듣기에.
차도 위 혹은 회색 보도 위에 서 있을 때
나는 마음속 깊은 곳에 그 물소리 듣기에.

The Lake Isle of Innisfree

-W. B. Yeats(1865~1939)

I will arise and go now, and go to Innisfree,
And a small cabin build there, of clay and wattles made;
Nine bean rows will I have there, a hive for the honey bee,
And live alone in the bee-loud glade.

And I shall have some peace there, for peace comes dropping slow,
Dropping from the veils of the morning to where the cricket sings;
There midnight's all a glimmer, and noon a purple glow,
And evening full of the linnet's wings.

I will arise and go now, for always night and day
I hear lake water lapping with low sounds by the shore;
While I stand on the roadway, or on the pavements gray,
I hear it in the deep heart's core.

샐리 가든 옆을 지나

-W. B. 예이츠(1865~1939)

샐리 가든 옆을 지나서 내 임과 나는 함께 만났네.
그녀는 눈처럼 흰 예쁜 발로 샐리 가든을 지나가며
나무에 잎이 자라듯 사랑을 쉽게 여기라고 당부했네.

하지만 어리고 멍청해서, 나 그녀 말 곧이듣지 않았네.

강가 들판에 내 임과 나는 함께 마주 서 있었네.
그녀는 눈처럼 흰 손을 내 기울인 어깨 위에 얹으며
강둑에 풀이 자라듯 삶을 쉽게 여기라고 당부했네.
하지만 나 어리고 멍청해서, 지금은 눈물 가득하네.

Down by the Salley Gardens
—W. B. Yeats(1865~1939)

Down by the salley gardens my love and I did meet;
She passed the salley gardens with little snow-white feet.
She bid me take love easy, as the leaves grow on the tree;
But I, being young and foolish, with her would not agree.

In a field by the river my love and I did stand,
And on my leaning shoulder she laid her snow-white hand.
She bid me take life easy, as the grass grows on the weirs;
But I was young and foolish, and now am full of tears.

술노래

─W. B. 예이츠(1865~1939)

술은 혀끝을 간질이고
사랑은 눈에다 속삭이지.
우리 나이 들어 죽기까지
이것만은 진실로 알게 되리.
나 술잔 들어 그대 바라보나
나오는 건 오직 한숨뿐.

A Drinking Song

─W. B. Yeats(1865~1939)

Wind comes in at the mouth
And love comes in at the eye.
That's all we shall know for truth
Before we grow old and die.
I lift the glass to my mouth,
I look at you and I sigh.

빼앗긴 아이

―W. B. 예이츠(1865~1939)

슬룩 우드 바위투성이 고지대가
호수에 제 모습 담그는 곳,
그곳에 나뭇잎 우거진 섬 하나 있으니,
왜가리가 날개 퍼덕이며
졸음에 겨운 물쥐를 깨우는 곳,
그곳에다 숨겨놓았다네,
산딸기 가득한 요정술통을,
훔쳐온 붉디붉은 버찌로 가득한,
가자, 오 인간의 아이야!
물가로 황야로
요정과 손에 손을 잡고서,
세상은 불가해한 눈물로 가득 차 있으니.

흐릿한 잿빛 모래가 달빛 파도에 씻겨
반짝반짝 윤기를 발산하는 곳,
저 멀리 로씨즈가 발산하는 곳,
우리는 밤새 발을 담그지.
그 옛날 춤사위를 펼치며
달이 도망칠 때까지
손을 뒤섞고 눈 맞춤하며
이리 팔딱 저리 팔딱 뛰어다니며
포말 거품을 쫓아다니지.
그러는 동안에도

고통에 짓눌린 세인들은
불안한 잠을 청해야만 하네.
가자, 오 인간의 아이야!
물가로 황야로
요정과 손에 손을 잡고,
세상은 네가 알기보다 더 많은 울음으로 가득 차 있으니.

방랑하는 계곡물이
글렌카 너머 산에서 뿜어져 나오는 곳,
별 하나 먹 감갈 수 없으리만치
옅디옅은 물웅덩이 골풀 사이로
졸음에 겨운 송어를 찾아다니고,
여린 시냇물 위로 눈물 흘리는
고사리나무에 가만히 기대어,
송어들이 불안한 꿈을 꾸도록
그들의 귀에다 속삭이지.
가자, 오 인간의 아이야!
물가로 황야로
요정과 손에 손을 잡고,
세상은 네가 알기보다 더 많은 울음으로 가득 차 있으니.

우리와 함께 그 아이 떠나가네.
엄숙한 눈을 지닌 그 아이가,
그 아이는 더 이상 듣지 못 하리,
포근한 산허리 송아지 울음소리도,
혹은 난로 위 주전자 노래 소리가

그의 가슴 속에 평화를 불어넣는 것을.
오트밀 죽통 주변을 빙글빙글 맴도는
갈색 새앙쥐의 모습도 볼 수 없으리.
인간의 아이는 가고 있다네,
물가로 황야로
요정과 손에 손을 잡고,
그 아이가 알기보다 더 많은 울음으로 가득한 세상으로부터.

The Stolen Child

−W. B. Yeats(1865~1939)

Where dips the rocky highland
Of Sleuth Wood in the lake,
There lies a leafy island
Where flapping herons wake
The drowsy water-rats;
There we've hid our faery vats,
Full of berries
And of reddest stolen cherries.
Come away, O human child!
To the waters and the wild
With a faery, hand in hand,
For the world's more full of weeping than you can understand.

Where the wave of moonlight glosses

The dim grey sands with light,

Far off by furthest Rosses

We foot it all the night,

Weaving olden dances

Mingling hands and mingling glances

Till the moon has taken flight;

To and fro we leap

And chase the frothy bubbles,

While the world is full of troubles

And anxious in its sleep.

Come away, O human child!

To the waters and the wild

With a faery, hand in hand,

For the world's more full of weeping than you can understand.

Where the wandering water gushes

From the hills above Glen-Car,

In pools among the rushes

That scarce could bathe a star,

We seek for slumbering trout

And whispering in their ears

Give them unquiet dreams;

Leaning softly out

From ferns that drop their tears

Over the young streams.

Come away, O human child!

To the waters and the wild
With a faery, hand in hand,
For the world's more full of weeping than you can understand.

Away with us he's going,
The solemn-eyed:
He'll hear no more the lowing
Of the calves on the warm hillside
Or the kettle on the hob
Sing peace into his breast,
Or see the brown mice bob
Round and round the oatmeal-chest.
For he comes, the human child,
To the waters and the wild
With a faery, hand in hand,
For the world's more full of weeping than he can understand.

방랑하는 엥거스의 노래

―W. B. 예이츠(1865~1939)

가슴속에 불길 타오르기에 나는
개암나무 숲으로 달려가서는
개암나무 가지 잘라 껍질 벗겨서
낚싯줄에 딸기 한 알 매달았지.

하얀 나방이 훨훨 날아다니고
나방 같은 별들이 깜빡거릴 때
시냇물에 딸기 미끼 내던져서는
예쁜 은빛 송어 난 사로잡았네.

예쁜 은빛 송어 바닥에 내려놓고
내 불을 지피러 간 사이에
무언가 마루 위에서 바스락 소리
누군가가 내 이름 부르더이다.
송어는 머리에 사과꽃을 꽂은 채
희미한 빛 발하는 소녀가 되어,
내 이름 부르며 달아나
눈부신 허공으로 사라졌어라.

텅 빈 분지와 산골 구릉지대를
여기저기 방랑하며 늙어갔어도
기필코 난 그녀 간 곳 찾아내어
손잡고 입술에 입맞춤하리라.
이슬 아롱진 풀밭 사이 거닐며
시간과 세월이 다하도록 따모으리,
저 달님 나라의 은빛 사과를
저 해님 나라의 금빛 사과를.

The Song of Wandering Aengus

— W. B. Yeats(1865~1939)

I went out to the hazel wood,
Because a fire was in my head,
And cut and peeled a hazel wand,
And hooked a berry to a thread;
And when white moths were on the wing,
And moth-like stars were flickering out,
I dropped the berry in a stream
And caught a little silver trout.

When I had laid it on the floor
I went to blow the fire a-flame,
But something rustled on the floor,
And someone called me by my name:
It had become a glimmering girl
With apple blossom in her hair
Who called me by my name and ran
And faded through the brightening air.

Though I am old with wandering
Through hollow lands and hilly lands,
I will find out where she has gone,
And kiss her lips and take her hands;
And walk among long dappled grass,

And pluck till time and times are done,

The silver apples of the moon,

The golden apples of the sun.

불벤산 기슭에서 중에서

- W. B. 예이츠(1865~1939)

불벤산 기슭에서 벌거벗은 봉우리 밑,

드럼클리프 교회 묘역에

예이츠가 잠들어 있네.

조상 한 분이 오래전 거기 목사였지.

근처에 교회가 서있고,

길가에는 오래 묵은 십자가 하나 있네.

대리석 묘비도, 상투적인 글귀도 필요 없느니라.

인근에서 채석한 석회암 위에다

유언에 따라 아래 글자들이 새겨져 있네.

냉철한 시선을 던져라,

삶과 죽음에다.

말 탄 자여, 지나가시오!

from **Under Ben Bulben**

─W. B. Yeats(1865~1939)

VI

Under bare Ben Bulben's head
In Drumcliff churchyard Yeats is laid,
An ancestor was rector there
Long years ago; a church stands near,
By the road an ancient Cross.
No marble, no conventional phrase,
On limestone quarried near the spot
By his command these words are cut:

> *Cast a cold eye*
> *On life, on death.*
> *Horseman, pass by!*

고양이와 달

─W. B. 예이츠(1865~1939)

고양이가 이리저리 돌아다니고
달은 팽이처럼 빙빙 돌았다.
달의 가장 가까운 친척인

기어다니는 고양이는 위를 쳐다보았다.
새까만 미날로시는 달을 응시했다.
제멋대로 돌아다니고 울곤 했더라도,
하늘의 순수하고 차가운 빛이
동물적인 혈기를 어지럽게 했기 때문이다.
미날로시는 예쁜 다리를 쳐들어
풀밭 속을 달음박질한다.
미날로시야, 춤추니, 춤을 추는 거야?
가까운 두 친척이 만날 때
춤추자는 것보다 더 좋은 게 있을까?
궁중에 유행하는 양식에 질려
달은 아마 새로운 춤사위를
배울지도 모르지.
미날로시는 여기저기
달빛 어린 풀을 헤치며 기어다니고,
저 위의 거룩한 달은
새로운 상(相)을 취했네.
미날로시는 두 동공이
변하고 또 변하리라는 걸 알고 있을까?
미날로시는 혼자 풀을 헤치고,
젠체하며 똑똑한 척 기어간다.
그리고 변해가는 달을 향하여
변해가는 그의 두 눈을 치켜든다.

The Cat and the Moon

-W. B. Yeats(1865~1939)

The cat went here and there

And the moon spun round like a top,

And the nearest kin of the moon

The creeping cat, looked up.

Black Minnaloushe stared at the moon,

For, wander and wail as he would

The pure cold light in the sky

Troubled his animal blood.

Minnaloushe runs in the grass

Lifting his delicate feet.

Do you dance, Minnaloushe, do you dance?

When two close kindred meet,

What better than call a dance?

Maybe the moon may learn,

Tired of that courtly fashion,

A new dance turn.

Minnaloushe creeps through the grass

From moonlit place to place,

The sacred moon overhead

Has taken a new phase.

Does Minnaloushe know that his pupils

Will pass from change to change,

And that from round to crescent,

From crescent to round they range?

Minnaloushe creeps through the grass

Alone, important and wise,

And lifts to the changing moon

His changing eyes.

번역을 마치면서

코로나19 팬데믹이 2년 이상 지속되는 와중에, "한평생 나그넷길 반 고비에/ 올바른 길 잃고 헤매던 나/ 캄캄한 숲속에 서 있었노라"(『신곡: 지옥』 1:1-3)라는 단테의 위기의식이 역자에게도 엄습했다. 이를 실감하고 역자는 W. B. 예이츠의 소설 『존 셔먼』과 『도야』를 한국에서 최초로 번역하여 소개하기로 마음먹었다. 아울러 이전에 한국예이츠학회에서 공동으로 번역한 예이츠 작품 중 역자가 번역한 작품 『발라와 일린』과 『고양이와 달』을 함께 엮어 이번에 『예이츠작품선집』을 출간하게 되었다.

2022년 3월 6일에 돌아가신 어머님을 생각하니, 평소 효도 한번 제대로 못 한 자책과 후회에 젖는다. 나에게 모음과 자음을 맨 처음 일러주신 어머니 덕분에 제대로 말을 배우고 글을 익혀, 감히 번역에 도전했다. 번역은 '호랑이 등에 올라탄 반역'이라는 말처럼, 외국어를 우리말로 번역하기란 쉽지 않았지만, 그래도 어머니로부터 물려받은 우리말의 맛깔과 감각 덕분에 무사히 번역을 마칠 수 있었다. 나의 언어는 하나에서 끝까지 어머님께 힘입은 바 지대하기에 감사를 드리면서, 이 책을 삼가 아버님·어머님 영전(靈前)에 바칩니다.

정년을 앞둔 시점에 이 책을 출간하게 되어, 이 책을 작은 결실이자 새로운 출발로 여기면서, 책의 출간을 기념하고자 한다. 오늘이 있게 해주신 김철수 지도교수님에게 심심한 감사를 드립니다. 많은 조언과 격려를 주신 한국예이츠학회의 이영석 교수님, 한일동 교수님, 윤일환 교수님, 김주성 교수님, 고준석 교수님에게도 깊은 사의를 표합니다. 아울러 그간 내 조해준 아내 미순과 최근에 가정을 이룬 준혁·유나, 학업에 정진중인 준영·자경에게 고마운 마음을 전한다. 그리고 정성껏 도와준 도서출판 동인의 이성모 사장님과 박하얀 님께도 감사드린다.

2022년 4월
송림(松林) 소슬재에서
조정명

찾아보기

조정명(曺廷明)

경북대학교 동 대학원 문학박사
예이츠 회장 역임
경운대학교 교수 역임
연구업적: W. B. 예이츠 관련 논문 다수
E-mail: johjm77@naver.com

예이츠작품선집 국역
『존 셔먼』·『도야』·『발라와 일린』·『고양이와 달』

초판 1쇄 발행일 2022년 5월 15일
조정명 옮김

발 행 인 이성모
발 행 처 도서출판 동인(등록 제1-1599호 | 02-765-7145 | 서울 종로구 혜화로3길 5 118호)
홈페이지 www.donginbook.co.kr
이 메 일 dongin60@chol.com
I S B N 978-89-5506-860-3
정　　가 15,000원

※ 잘못 만들어진 책은 바꿔 드립니다.